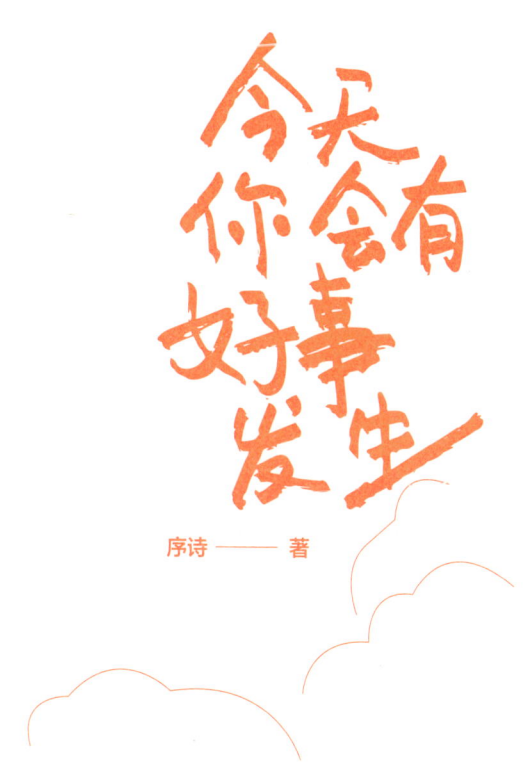

序诗 —— 著

四川人民出版社

真正的美好只需要发生一次,
带来的力量就可以延绵终生。

目 录
Contents

Chapter 1
今天你会有好事发生

十日谈：她决定把自己重新养一遍	002
我们不会停顿在过去的潮湿里	010
孤独是一种滋养	016
失掉的眠	022
有些蝴蝶，从未飞出高考之后的良夜	032
突然忘记自己的模样	036
不漂亮也没关系	039
像植物，顺应着自己的天性生长	046
今天你会有好事发生	050

Chapter 2

明天也是好天气

易得的生活解药	056
出门去喝一杯咖啡吧	060
阅读是场盛大而微妙的碰撞	064
一个香喷喷的念头	070
我的"喜欢清单"	075
在生活的水流里穿梭	079
发酵盲盒	087
陌生春天的白日梦	092

Chapter 3

爱本就是无解的命题

拥抱是人类最小单位的奇迹	098
你好，鲸	101
爱是没有条件可谈的	104
你的太阳落到我的世界里来了	119
而你任意挥洒的爱意，都如此盛大	124
我的姐姐，就是没有姐姐的人	132
我身体里属于妈妈的一部分	141

Chapter 4

去到无法想象的世界

去到无法想象的世界	158
关于世界的第一手资料	162
人唯一不需要对抗的就是自身的渺小	176
阳光很好的日子里,感觉能活很久很久	189
在热带,凭直觉自由穿梭	193
与世界短暂失联	207
人的心多像玻璃啊	216
我该怎么去生活	224

Chapter 1
今天你会有好事发生

十日谈：她决定把自己重新养一遍

她决定把自己重新养一遍。

凌晨，她辗转反侧打了几页腹稿，去规划要把自己养成什么样。

首先要自律，保持运动和阅读，这总没错。时间不够，就要早起匀出时间，用自律开启新的一天，就会有一种向上的氛围感。那就先尝试看看，会有什么改变。无论如何，明天要早起，先做一段八段锦，再阅读半小时。八段锦结束后最好再弄点健康的食物，冰箱里还有一个贝果，第一天先这样吧。明天白天买一个破壁机，去找食疗的方子。对，一点一点慢慢来。要睡了！明天要早起，这是第一步！

第一天，她没有如愿早起。

醒来已经是中午了，所有的计划都落空了。她感到对自己的生活毫无掌控感，对自己恨铁不成钢。怎么在第一步就溃败了？失落让她一整天都提不起精神。睡前她再次鼓励自己，今天就算了，从明天再开始也不迟，可以准备得更加充分呢！下单了一个破壁机和一堆豆子，她努力平静入睡。

第二天，她按照计划忙了一整天。

第一次做八段锦，呼吸和动作难以连贯，但会越来越熟练的，网上说八段锦对气血好。她照照镜子，果然精神饱满，又嘲笑自己一定是心理作用，哪有这么快见效的？不过，她的确很兴奋，又追加了一组晨间瑜伽，又感受到自己对生活的掌控力啦！前一天买的豆子到了，她拆开仿佛散发着健康味道的各类豆子的包装，按照网络上流行的配方，把它们分装到不同的食品袋里。好像自己对于生活的想象也被分装进了小袋子里，以后每拿出一个袋子，倒进破壁机，听到叶片旋转的声音，就摄取了更多的幸福。她不贪心，只要一天多一点点幸福就好。美好未来就是由这些细小的自律叠加起来的，不是吗？

第三天，计划成了负担。

平时很少运动的她，因为前一天的运动肌肉酸痛，起床很困难，继续运动也很困难，恢复动力更是困难。天哪，仅仅一天，怎么会这么累呢？可以休息一天再自律一天吗？等一下，这是在寻求谁的允许呢？这又不是做给别人看的。为什么别人都可以做到，自己做起来就这么困难呢？她查阅关键词"自律""难"，出现了无数张面带疲惫的脸和他们对于自律的控诉。还好还好，还是有人和自己一样的。她躺在瑜伽垫上，想象自己的身体正在恢复机能。她的负罪感被一种群体认同感稍稍压制着，但在内心深处，她似乎看到自己的未来不会好了。这时，妈妈打来一通电话，听到她疲惫的声音，妈妈突然大声地说："你怎么还是这么懒！"她突然惊觉，原来自己一直在用别人对待自己的方式对待自己，即使没有人监督她，她也是自己最大的监督者和审判者。

第四天,她踏踏实实地睡醒了。

比起像他人一样试图驯化自己,她宁可永远平淡、永远懒着。如果说,过去的掌控感是自己身体里另一个"妈妈"对自己的掌控,那么任由自己懒散,就是自己对自己的掌控。她觉得很喜悦,觉得自己领悟了很大的奥秘。尽管对于自身的规划不总是顺利实现,但她决定不再苛责自己,而是要爱自己、悦纳自己。早已被练就的自我审判能力并不能即刻更改,她察觉自己在和自己做斗争,她刻意买了很多甜品,躺在沙发上一样一样拆着吃。就像叛逆期故意用过分的行为来表达自身的独立。这一天结束时,她仍然不想睡,偶尔熬个夜似乎也不是不行?又不是每天都那么晚睡。一不小心被大数据捕获,在刷新的首页,被推送了一条"人会在不知不觉中烂掉"的内容。突然感觉脊背被戳中了,感到害怕和疼痛。对于自身的质疑,在这一刻获得了压倒性胜利。

第五天，她迷茫了。

想要重新养自己却又担心复刻了妈妈对自己的严苛，想要悦纳自己却又恐惧烂掉……她既无法轻松地获得自己想要的一切，又不接受自己真的一无所有、一事无成。难道不用妈妈的方式，就无法让自己变得更好吗？自己的方式是什么？变得更好又是什么？有变得更好的欲望难道不应当吗？这些概念由谁来规定，自己的生活又要对谁汇报？迷茫间，她逐渐觉得自己正在靠近一直以来许许多多问题的根源。

第六天，她仍然迷茫。

她出门散步，走累了就坐在两人位的长椅上。她问："你想要什么？"一旁出现了一个相似模样的女孩。女孩说："我想要长大。"她说："我就是长大的你。"女孩问："你赚钱了吗？自己出去住了吗？"她说："赚了，能养活自己，也出去住了。"女孩问："那你还挨打吗？还会半夜被吵架声吵醒吗？"她说："不挨打了。屋子很安静。"女孩说："那我喜欢长大的自己。"

第七天，她还想见女孩。

她又来询问："成为我，你很满意吗？即使是这样的一个我。"女孩说："满意。"她笑起来，说："谢谢你愿意成为我。"女孩问："这很意外吗？"她说："对。是我把你忘了，还把你作为想要更多的借口。"她们拥抱，她感受到一种平和的力量贯穿她们的身体，外物在朝大地的方向塌陷，所有答案都在自己身上浮现。

第八天，她有了一双不一样的眼睛。

从这天起，她再也没有见过女孩。过去的无数个自己恰然地融合进现在的这具身体，她的眼睛是过去的眼睛、女孩的眼睛，也是未来的眼睛、如今的她的眼睛。一时间，她说不清楚是自己在实现小时候的想象，还是小时候的自己在治愈现在的她。第一天的列表和自我要求早已作废，关于一个人怎样算是"烂掉"、怎样算是"成功"的评判从她耳边划过，但不留痕迹。她重归对自身毫无规划的状态，对未来也仍然一无所知，但她很平静。

第九天,她想对自己诚实。

她写下了自己想要尝试的事情,反复询问自己是真的想做,还是以为自己想做。是不做出成绩也可以享受,还是暗自在等待一个好的结果。这一切发生得很隐秘,她在慢慢地推开内心以外的干扰。诚实的前提是,她意识到自己无须向任何人证明什么。她开始热衷于自我对话,对自身产生了一种专注的期待。她看起来没有什么变化,但又完全不是同一个人了。

第十天,她决定把自己重新养一遍。

关于想要做的事情的筛选结束了。她将启程去探索,关于世界也关于自己。背包很小,但她还是塞进了两种磅礴的"力"——想象力和竭尽全力。起初很重,但随着和身体生长在一起,就会慢慢变轻。离开时她再次决定:

我要把自己重新养一遍。

我们不会停顿在过去的潮湿里

最近有一件怪事，明明是晒干了才收进衣柜的衣服，再拿出来穿的时候，总是有股潮湿的气味。

我捧着衣服给恋人闻，他说："真的！臭臭的！好奇怪啊！"

我们两个人对视一眼，大笑起来。

我把衣服又放到鼻子底下闻了闻，嗅觉是记忆的钥匙，被回忆按了隐藏键的片段，从我和衣物间的夹缝里播放出来。

江南的梅雨天气要持续约一个月，家里朝西北，湿衣服闷在屋子里，总晒不干，潮气从细密的纤维里透出来。家里短暂地弥漫着这股味道，以至于我都没有意识到自己被梅雨腌渍了。

我的生长激素似乎不甘心和我一样总是沉默，哗众取宠地分泌着，我变得怕热、极易出汗，却还要坚持穿一件很"麻烦"的内衣——挂起来的时候不能用夹子夹住肩带，否则容易变形；洗完澡后，也需要极其小心地挂起来以防变形。我不喜欢走进内衣店，总是会莫名地觉得有人在审视我的胸部。我的一部分刚刚生长出来，就已经不属于我自己了。

生长带来的汗湿味道和梅雨季节里衣物纤维的味道，几经发酵成为浓郁的气味。

当时上的科学课，正学到《走进微观》这一章。一个再寻常不过的午后，我们在实验室上课，用玻璃片夹住一滴液体，放到显微镜底下，一个小组的同学轮番看。

在看之前，我从未想过只需要看一眼，只要一眼，眼前的这个世界就彻底改变了。盛夏闷热的空气与外界的噪声被按下了静止键，我的眼镜起雾了，白色的雾气从汗腺爬升至眼前：

每一滴水都可以被无限次展开，每一条河流里都蕴藏着数以亿计的世界。我们静止在此处听老师的讲解，在每一个比秒更短暂的瞬间里,亿万个分子世界从我们身上滚落、更迭。讲台上掉落的粉笔灰,是某一微观存在的陨石坠落……

我处在一个顷刻崩塌的世界里,唯有新生是永恒的运动。从那之后,我很难再相信眼睛所看到的世界,也很难判断存在的好坏——被赞美的已然滑落,被厌弃的奔流入海,被扼杀的生生不息,被传扬的也未必能按照规划繁衍。

我就身处在这样的世界里。

如果把那时的我放进显微镜下呢?我闭上眼,想象自己身上艳丽乖张的潮湿斑纹,像夏天盛开在山壁上的映山红。

盛开,掉落,枯萎,腐烂,再盛开。

我跑进厕所,拉下裤子,的的确确是一朵艳丽的红色映山红。

从这一天起,我的气味更为复杂,浓郁的血腥味是我的气味在梅雨天潮湿气味后的红色尾韵。

那时,我尝试过挤入一个受欢迎的小圈子,这样一来,我也能被圈入那个受欢迎的群体吧?无论如何,不要一个人就好。一个人去食堂吃饭,其实也没什么,但一旦被问起"你一个人吗",听起来就像是一件可怜的事。

直到我听到她们在讨论我身上的味道。

我这才知道,原来,太阳也是不公平的,在晒得到太阳的屋子里长大的人,即便在梅雨天里衣服也是香喷喷的,汗湿之后的她们还是很剔透、很漂亮。

那一个月,我觉得所有人都在闻我,皱着眉头讨论我,远离我。不需要几天,我就又要一个人去食堂吃饭了对不对?而我只能装傻,捧出一个我擅长的笑,明知故问地问她们"要不要一起去食堂"。因为我不装傻的话,我不知道该怎么面对。正在发生的事情是我不能理解的事情,我却需要做出反应。青春期时总是这样,生活也总是这样。

回忆没给我关于这件事情如何收场的信息,也许已经被我选择性遗忘了。可每当我想起这件事情,还是会感觉到目光粘在身上,叫我动弹不得。

我晃了晃脑袋，抖落了一身僵硬，把衣服扔进洗衣机。

后来，我也有了很要好的朋友，她们会穿过我身上正在掉落的亿万个分子世界，勾住我的肩膀说："早自习还要很久才开始，我们去逛文具店吧！"我时常想象着从背后看我们挨在一起的样子。三个好朋友，全然不同的性格，却从未停止过相互理解，拍落彼此身上的尘埃，好像我的生活一直都是如此，和她们勾肩搭背向前走，不知不觉，走过了十多年。我不需要假装，可以很真挚地大笑，也不需要讨好，就能够得到足够的爱。

多年之后，我住到了向阳的屋子里。

太阳很早就把屋子晒得热烘烘的，我的小猫在阳台上会热得摊开肚皮，呼呼大睡。当然，还是会有晒不透彻的衣服。只是，有人会和我捧着这些晒不透彻的衣服，捧腹大笑，然后再洗一遍，那么轻快。

早在多年以前，我望向显微镜的那一瞬间，世界就把这一切的原理展露给我了：**我们不会一直停顿在过去的潮湿里，唯有真挚的爱是永恒的运动。**

孤独是一种滋养

我曾经有过一段很孤独的日子。说"孤独"这两个字的时候并不感到寂寥，一是因为当时年纪太小，并不觉得那是孤独；二是因为现在想来，孤独也是一种滋养。

那时候我车祸初愈，从乡下转到镇上的小学，从爷爷奶奶身边去到爸爸妈妈身边。但爸爸妈妈总是很忙，也没有兴致听我说话，姐姐也要上学，更没有邻居。好像所有人都有自己忙碌的生活要过，而我的出现好像侵占了他们的生活。我不断学习着减少自己的需求、减弱自己的声量，认为只要自己足够渺小，就可以更少地侵扰到他们的生活。

直到第一次去书店买书，我走进镇上唯一的新华书店，一家天花板高高的二层楼的书店。那么大、那么亮堂，书架上的书整整齐齐，塑封纸都是挺阔发亮的，空调开得凉飕飕。悄摸地走在书店里，大家都是那么专注地看向自己手中的书。店里座位很少，有人在地上坐着，有人在地上趴着，我穿行在他们中间，没有目光会投向我，同时我也不会打扰到任何人。

我至今仍然记得那种毛孔舒张的自在感。

过去，我的那种"懂事"，是不断压抑着对于世界的种种渴望形成的缄默，这便是那时候的我所能想到的最好、最乖的生存方式。

然而在内心深处，我仍然希望有一个足够大的空间，可以让我不需要刻意地缩小自己。走进书店的时候，我就知道，它是足够大的。在这里，缄默不是一种压抑而成的美德，而是出于一种对书籍的尊重而产生的共同约定——长久以来我乖巧背后怪异生长的部分，被光照到了。

我用心记下了那条从家到新华书店的路，第二天就溜出门沿着记忆里的路，走到新华书店。现在来看大约是两千米，对一个孩子来说不算太短的路，但那时从没觉得远。

到书店之后，就坐在地上，随便挑一本顺眼的书看。

夏天，书店的空调开得很猛，地砖很凉，我有时候坐着，有时候靠着，有时候在角落里趴着。假期真长啊，现在想起那个书店，浮现的也总是窗明几净的疏朗模样。

《三国演义》啊，一整套杨红樱的作品，还有《假如给我三天光明》《窗边的小豆豆》都是那时候看的，有的是老师要求的，有的是自己选的，甚至还看了《鬼吹灯》系列，可惜中间有几部没拆封，没看全。到现在我都不知道书店里的书是不是可以随意拆封，有时候看中了一本书，要等好几天，等它被别人拆开了，我才能看。有段时间我很迷张爱玲，喜欢她文字里诡谲的气质。

现在想起来也很纳闷：当时看张爱玲能看明白啥呢？

也许，并不图明白啥吧。我分不清究竟是书本的世界真的从一开始就那么吸引我，还是我渴望成为阅读者中的一个，让我无可奈何的乖巧看起来也是一种特别。无论出于什么原因，光是坐在那儿，打开这个世界为我准备好的一个个故事，就很满足了。

回想起小时候，确实可以用孤独来形容。小小一个人，长长一条影子，还不善于交朋友。我好害怕和人交朋友，害怕把我拙劣讨好的笑容捧给别人看。但我也很幸运，在一方冰凉的地砖上，有层层叠叠的世界供我逃离。

现在，我时常在社交媒体上分享一些对书籍的阅读感受，因此受到很多人关注，而我也只是延着那时候的影子，寻找疏朗的喜悦：打开一本今天想看的书，随便它把我带到哪儿。

前段时间，回故乡小镇，一个人无事闲逛，又走到新华书店，完全不像印象中那么亮、那么大。二楼新增了休息区域，买一杯咖啡就有位置坐。摆放文学书籍的空间被大大地压缩了，互联网阅读、网购等生活学习方式的快速迭代，必然会让实体书店面临生存危机，它们也需要变。尽管知道一切都会变，但还是忍不住在心里发出一声小小的叹息。

此时，我拐过一个书架，看到角落里蹲坐着一个小女孩，镜片厚厚的，似乎没有察觉到有人经过。恍惚间，仿佛看到了多年前的自己，那种连毛孔都舒张开来的自在感

再一次捕获了我:

多年前,我的未来藏在书架里,从中生长出来的虚荣是谦卑的虚荣,孤独是有滋养的孤独,缄默是自带力量的缄默。

我自然而然地认为我想写作是因为我热爱文学,现在而言,的确是的,但最初呢?最初我还是这样的一个小女孩的时候呢?

是因为贫穷。

物质和精神上的双重贫穷。我翻过一本书,背面的价格显示,一本书可以卖三四十块钱。即使很多人和我一样能免费看书,但那种小心翼翼抚摸纸张而展示的尊重无不表明,对那时的我来说,书就是奢侈品。

那一天,我像从前的一个个暑假一样,不看书的时候,就用手一寸寸地摸过精美的书脊。

"我的书会出现在书架上面吗?"

很多年间,我都渴望获得钱、穿更体面的衣服、有更好的生活,渴望尊重,渴望说话的时候别人会看着我静静地听，渴望爱。直到现在，对于物质的渴望因为更看清自身的欲望而减弱了，但精神上的渴望，从未停止。但我不再追逐，而是趋于静止——反复看到"我"的存在，这种确认存在的方式，平息了我的渴望，给予我饱满的平静，也因此，我总是对着镜头和自己说：长大真好。

会有一个像我一样的孩子，出于双重的贫穷，打开这本书，从中获得力量吗？只要有一个，哪怕只有一个，也就足够了。

失掉的眠

听我姐姐讲,小时候我是很能睡的人。一躺到床上,很快就会入睡,一旦入睡,就算她带着夜宵回家,塞到我嘴边,我也不会醒。我惊讶不已,因为现在我是一个时常失眠的人。有时候即使没有什么让人焦虑的事发生,脑子什么都不想,什么都不怕,躺在床上也会闭着眼睛清醒到凌晨三点。

上一次我享受到酣睡的快乐是在四年前,忙完一个项目,终于好好地睡了一觉,踏踏实实地睡到自然醒。睡醒之后,有种莫名的喜悦,感觉浑身充满了能量,充满饕餮大睡后的巨大满足。现在,我连那种酣睡的感觉都记不起来了。

长久失眠的时候,我甚至忘记了要怎么睡着。这可不是一个"可以提出的问题",就像张大千的胡子,从前从未在意过睡觉的时候胡子是怎么摆放的,一旦被问及这个问题，晚上睡觉的时候，把胡子放进被子也不是，不放进被子也不是，翻来覆去睡不着。

夜晚是不能轻易涉足的禁地，贪食夜晚和爱吃醉酒一样可以成瘾。

以前我不知道在该睡觉的时候睡不着叫作"失眠"，没有获得过，怎么可以谈失去呢？没有"入眠"过，怎么会有"失眠"呢？这样的说法，听起来像极了在睡不着的时候头脑钻的文字牛角尖。对，我会说"睡不着"，简单地陈述事实，不多加一点惋惜。睡不着的时候会用拇指大小的MP3听歌。小的时候追的偶像组合叫东方神起，在我还没搞清楚韩国到底在哪个位置的时候，就已经对他们的信息如数家珍。那时候还没有电子书阅读器，MP3的屏幕小到只能看一行字，我戴着耳机，在被窝里用MP3看书。整个初中阶段，就这样一行一行地看完了很多书，看饱了就会自然而然地睡去。

看小说成为习惯之后，就算有困意，也会先驱散困意，看一会儿小说再睡。那时候的夜晚好像格外地长，躺到床上能看一整部小说，还能睡上一个好觉。我并不知道我睡了多久，总之第二天能精力充沛地和朋友聊前一天看的小说。

久而久之，看书已经无法满足我对夜晚的贪恋了。我开始打着写作业的旗号写一些故事。那些"故事"，就是我最初的写作。我的右手中指上有两处茧子，别人也有，但别人是高中写卷子写的，我是初中半夜写作写的。在一篇小故事得了省里的奖之后，我更加享受在夜晚写作的感觉，我想象着我的未来就在这样的书写下，一点一点顺着笔墨流淌出来。

那个时候，我感知不到睡眠不足所带来的疲惫，写作时用的脑子和看书时用的脑子好像不是同一个状态的脑子，只要笔在手里，整个人就会很兴奋。翻开我的小本子，一个故事的开头一定是端端正正的字体，写到后面，就会感觉书写的速度跟不上脑子的速度，字迹逐渐潦草。第二天，我会骄傲地和朋友说："昨晚我在写小说。"

一个孩子的骄傲是很简单的，那时候，我觉得我在搞大人才会搞的事业，在学校里学习，只是成为大人前必须走的流程。大家都专注在这上面，而我不同呀，我早早地就知道自己的未来了！按道理，这样写下去我早该是一名作家了吧！没理由让这么勤奋又略有些天分的人被埋没吧！但理由很快就出现了，如果我的高中有保存至今的监控视频，透过监控视频可以看到我对作文习文的不耻，可以听到我对"八股"议论文的痛斥。我的眼睛根本看不到优秀的作品，我的眼睛里只有向规则低头的应试姿态。我是被埋没的写作天才，我是被扼杀的灵气少女！就像孩子的骄傲很简单一样，孩子的愤怒也很简单，我做不到的事情，居然有人可以做到，真可恶啊！

现在我27岁了，离那个时候居然已经过去了十年。回忆起那个时候，只觉得当时的自己有些执着的可爱。但翻到那个时候写的"作品"，除了可爱，还是觉得记忆美化了太多东西。

一开始，占有我夜晚的是写作的满足，后来，占有我夜晚的是写作的愤怒。在作业越来越多的时候，每多写一个字都是我对制度无声的抗争。那时候，我已经学会使用"失眠"这个词，没有睡饱觉的疲惫，是我战斗中自我牺牲的见证，可惜整场战斗只有我一个勇士。

高考前夕，我几乎没有睡着，于是在愤怒和自我牺牲的满足里，最惨烈的战役发生了。从那以后，失眠失去了它高贵的意义，成了一种纯粹的困扰。

就这样，我开始了长达七年，直到现在还时常困扰我的睡眠障碍。

睡不着，到一两点，我尚且耐心地等等自己。

到了三点，我就会开始崩溃哭泣，为什么别人都可以睡着，而我不行？

到了四点，就接受了今晚不会入睡的事实，开始看手机。

到了五点，我的心已经不会再产生情绪了，它被闷在一种由疲惫导致的停顿里。

第二天，睡觉之前就在害怕自己睡不着。新一轮的循环开始了。

让我陷入困境的不仅仅是失眠,还有对于失眠的恐惧。失眠的周期短则三天,长则大半个月。某一个契机,我睡着了之后,周期就会停止。下一次再失眠,我就又进入了新的一个周期。如此过了七年,我已经可以尽可能地降低失眠对于白天工作和生活的影响,但每次进入新的失眠周期时,还是会觉得疲惫又无力。对于其他人来说自然而然的事情,为什么对于我来说会这么困难呢?

写下这些文字的时候,我正处在一个失眠周期里,一个"忘记了怎么睡着"的阶段。我很平静,写下的文字也很轻快,但并不是从一开始就这样轻快的。一点点焦虑都会在夜晚被放大,一些些兴奋就能让我继续贪食夜晚,我在"好想睡觉但睡不着"和"不想睡觉"这样的状态下过了很多年,直到我忘记该怎么好好睡觉。

开始自由职业之后,"第二天要上班"的忧虑消失了,即使前一天晚上没有睡好觉,我也可以获得相对充足的睡眠时间。我不再责怪失眠拆毁我的生活、吞噬我的健康。有时候,躺在床上,关上灯,脑子里的声音就开始飞出来。

这是谁在思考的声音?是多年以来无法好好睡觉的既定事实,为我在黑暗里准备的一种声音,它是我生活失序时的祷告者,善于用一种平静而疯癫的语气在黑暗里与我说话。

你也可以称之为"孤独"。

尽管我的生活并不缺乏什么。

我有很好的恋人,他身上有着和我截然不同的季节,季风经过他,为我带来温暖潮湿的空气,我贫乏的世界里有枯枝发芽。我也有很多朋友,目前人生的一半时间,我都和她们在一起,她们身上有春日般的轻快。我和家庭的关系呈现出越来越多的彼此理解,因为成长让我有更大的力量面对过去和自我。我无数次地感叹:长大真好啊!

"如果我们在这个世界的睡眠时刻,实际上是在另一个世界的清醒时刻,那失眠、保持清醒,就是另一个世界的我不愿意从那个世界的梦里醒来。看来,对于另一个世界的我来说,生活是一个不错的梦,总是舍不得醒。"像这样的自我安慰,长大后的我也有过很多很多,但我仍然会感到孤独。这种孤独时常埋藏在日常生活之下,但它从未消失。我能感受到它一直都在,在某个角落埋伏,准备突然袭击我。

在某次被袭击之后,我认识了我的朋友果果。

她潜伏在深夜。认识的这一年来,只要失眠,打开和她的聊天框,她都在。她像我失掉的睡眠所凝聚而成的实体,认识她之后,我独自一人在黑暗里看着天花板时耳边响起的另一个声音消失了。我不需要同自己说话以消解空洞的夜晚,在我们的聊天框里,一个人顺着另一个人的话说下去,在很多失眠的夜里,我们都这样不停说话、不停说话。命运很厚待我。

失眠在过去为我打开了写作的门,在现在又为我送来了果果。我们是朋友,但我们像过着两种不同人生的同一个人。在认识她之前我就看完了埃莱娜·费兰特的"那不勒斯四部曲"①,但在我身上,没有任何一段关系可以代入这个远方的故事,因此我极为有限地获取着费兰特的作品带给

---

① 那不勒斯四部曲:意大利作家埃莱娜·费兰特的系列小说。

我的感受。然而果果出现了,那些失眠的夜晚,我们都像拉着彼此的手在前往海边的隧道里摸索着走。隧道很长很长,长到天明、长到我们精疲力尽。我很确定,我们会以不同的方式独自走到自己的海边,但属于我们的那不勒斯隧道就在那儿,在深夜,在关灯后的时空里。

我们都觉得对方是更聪明的那个人,我们说着话,就感觉发光的自己从对方的键盘下被塑造出来。莱农和莉拉[①]的女性友谊,用"嫉妒""祝福""相爱"来形容都是不准确的,是浮于表面的。一个女人和另一个女人的关系,不该被简单类比为伙伴或者男女之间的关系。她们是对方的妈妈,更是对方没有说出口的另外半截话;她们是对方没有经历的另外一类痛苦里存活下来的人,是共享命运的人。

我还是想要好好睡觉。我也想让果果好好睡觉。但摆在我们面前的不是一个可选题。面对生活的失序从来不是一件容易的事情。我还在想象着各种各样的说辞,以对抗

---

① 莱农和莉拉:上文提到的那不勒斯四部曲中的两位主要人物。

每天都会到来的睡觉时间。我还在找寻各种各样的方式，让自己建立秩序以获得良好的生活状态。我还在努力体验身体原始的疲惫，直到我无须努力就可以顺其自然地睡去。

如果我不曾失眠，不曾打开写作的门，不曾遇见果果，也许我正过着不一样的人生，也许是春日般轻快的人生。

但轻舟已过万重山。

行至此处，我疲惫不堪，但也能看到属于我的大海。

有些蝴蝶,从未飞出高考之后的良夜

高中毕业的那个暑假,我第一次玩了网游,一整个暑假,我都在自己的房间里贪婪地啃噬夜晚,同时也任由夜晚侵蚀我的身体。我的世界失去了边界,连做梦的时候都在飞。脑袋里一刻不停地播放着游戏的背景音,只要同时按下几个快捷键,游戏里的我就会飞起来。

飞起来,从山峰上一跃而下,在空中划出一道闪亮的弧线。

后来的很多年,我会闪回到那些夜晚。

高考结束后的夜晚是有权利自我放纵的夜晚。

我玩游戏非常差劲,操作很迟钝,也不喜欢去打怪,久久不能升级。

游戏里的我出生的地方是一片沙漠,地图上一片沙土黄。我看不懂沙漠地图,高中地理给我带来的挫败感在那时仍然深刻影响着我。但我痴迷于那种行走和探索感;痴迷于我真的能在地上捡到什么东西，就像拾到一个隐藏的礼物；痴迷于没有任何任务的地方，居然也被设计了大片大片的景色。

我常在深夜孤勇地攀爬那些长得完全一样的山峰，只要放大到极致，就能清楚地看到那都是由一模一样的元素构成的。我很庆幸这个粗制滥造的游戏并没有摧毁我的信念感，因为事实上那时我也不太清楚世界应该是由什么构成的。我一分一秒、一步一步往上爬，夜晚像潮湿的露水般渗透进我的身体，在空调房里沁出凉意。我丝毫不觉得枯燥，这个行为倒是有几分与自然世界斗争的趣味。

有时当我成功攀上想去的地方，会发现很多人骑着马从一条平坦的道路上轻盈地跑来，只有我在用自制的极困难模式玩这个游戏。有时我也会突然发现，自己走到了地图的边界，是玩家无法涉足的地带。

我没有在游戏里交朋友，唯一的师父也因为我在水里捡武器时总是沉迷游泳，浪费了他的时间而疏远。我不在乎他，也不在乎游戏的规则，我只在乎我自己。我在乎这个游戏为我建造的夜晚。

我一步也无法走出我的房间,可我没有一刻感觉自己在这个房间。

我不知道别人是怎么玩这个游戏的,我唯一的目的就是开启新的地图。有时我会被迫用两个晚上去完成任务,努力地杀掉一些怪,然后和不同的人交谈。NPC①在说些什么,游戏本身的故事又是什么,我并不在意,我创造了自己的主线任务,而完成所谓的游戏主线任务只是为了完成我自己的主线任务。凌晨两点,在虚幻的世界里,我仍然可以和陌生人交谈,这种神秘的感受,像往不知道多深的湖里投入一颗石子,很久很久,我都沉浸在涟漪里。

尽管NPC对所有人都说一样的话。

接下来,我会顺利打开一个新的地图。用飞的、用爬的、用跑的,找到一处景色怡人的地带。坐在那里,从背包里拿出一根糖葫芦,用五秒的特效进行"食用",吃完就再拿一根,再拿一根。那个游戏里动作僵硬的小人,带领

---

① NPC:是non-player character(非玩家角色)的缩写,是游戏中的一种角色类型,为玩家提供一些游戏信息,或触发剧情。

我看了很多很多风景。

多年之后，回看这一切像极了隐喻：固执地用自己选定的方式，走一条未知的路。好在现实生活中，玩家可以去到任何想去的地方。当时的我没有想到的是，这种心绪从未改变。现在，我的生活时常浓缩在那些个寂寞温和的良夜，避开人群，也不在乎人生中的"练级"，唯一推动我往前走的就是发现新地图。有时，我在飞机上、在高铁上、在行走的道路上，闭上眼睛：

我感觉自己是一只蝴蝶，尾翼闪着优雅的弧线，从未飞出高考之后的那些良夜。

突然忘记自己的模样

我想画一幅自画像,这是我第一次画画。而当我产生这个念头时,我突然忘记了自己长什么样。

我开始翻看相册,试图像一个外人一样看待自己。

大笑的照片最多了,这种时候最想要记录嘛!也有一些表情茫然、不知道出于什么原因记录下的我。还有哭泣的我,很多个。

"啊!我记得有一次,哭的时候不小心按下了快门,发现哭得好美。"翻到那张"好美"的照片时,我不禁笑了起来。

但,哪个才是我呢?

我是一个想像植物一样生长的人。夕阳下映照的尘埃是我,陆地上行走的鱼也是我。我很爱笑,也总是觉得幸福。即使如此,我的生命里也有很多很难越过的事情,会咬着牙,让绝望的念头从头灌到脚。倔强、不愿妥协、一意孤行、意难平、时常自我叩问和剖析、自己治疗自己的心、柔软又冷酷。我也爱人，爱很多人，爱很多东西。深度的蓝和浓厚的红，注入一个身体里。

真奇怪，我好像第一天认识我自己。

把自己摊开，就像打翻了调色盘一样，色彩混杂斑斓。

最后，我画了一个总是笑着的、信念感十足的我。

我把我爱的树叶、夕阳、大海，我认为的最为美好的东西，呈现在上面。

诚然，我想画这个我，是因为我更想展现这个我。

这大约是一次不够诚实的创作，我只画了单一价值体系里那个美好的我，其他的很多个我，都因为过于复杂而难以提取。但这也是一次诚实的创作，因为我对其"不诚实性"坦率承认。

我真想发动身边所有人都去画自画像，去看到自己的层次感，甚至看到自己的欺骗性，看到自我表演和期望被展示的部分。

人关于自我的认知、重现、创造，是贯穿一生的课题，苏格拉底那一句"认识你自己",反复誊写,反复更新含义。复杂的我,对我自己而言,是美好的存在,无论被他人赋予了怎样的评价,我都为自己的多种可能性而感到惊讶。

  我的这一生啊,大约只要能认识我自己,就已经足够伟大了。

不漂亮也没关系

前两天,朋友传了一张照片给我,是高中时我们几个好友在漫展上拍的。即使化了妆、像素低,还是能看到脸上的痘痘。

痘痘,陪伴了我十年。

痘痘那么小,说起来像是小题大做。可是从高中到大学毕业后的那十年,是我最想漂亮的十年,也是最渴望被看到的年纪,却在每一次被看到的时候,躲起来,害怕别人看到我。虽然现在所有遇到我的人几乎看不到我身上躲闪的惯性,但这种矛盾和容貌焦虑,切切实实地持续了整整十年。

"美丽不是最重要的",这句话是得到过美丽的人才有资格说的,而对于没有得到过的人,是残忍地否定了当时我们最想要的东西。

总有人劝我少熬夜,少吃甜食,就好像这些痘痘是我生活方式贪婪过剩带来的惩罚。可为了不长痘痘,我努力不熬夜并戒糖很久,甚至都不敢晒太阳。现在想来,他们简单随意的"好言相劝"才是对我的惩罚。

那时候我总是想:为什么是我呢?为什么偏偏是我?

而其他人,即使熬夜一整周,也只是看起来有些憔悴而已。

还有一些人会说:"你五官这么好看,可惜长了这么多痘痘。"

但"可惜"也是残忍的表达,这两个字的转折,就把前半句夸赞抹去了。我无数次地看着镜子里的自己,恨不能揭下这层面皮重新长一遍,长出一张新的、光洁的脸。

当我放弃通过纠正自身的生活习惯来让痘痘消除之后,我开始学习用厚厚的粉底和刘海遮掩它们。

此时我又会听到:"你痘痘这么多还化妆吗?"

长痘痘的人想要看起来漂亮一些,难道不可以吗?

每到夜晚,我似乎就可以感觉到我的脸颊又在酝酿一些新的痘痘,它们穿透我的皮肤想往外冒,而我却无可奈何。不知多少次，我边流泪边想："如果不长痘痘了，我一定会好好生活，一定不会羡慕任何人！"

没错，那时候我觉得生活的所有困难都因此而起。

长痘痘的经历并非表面上那么简单，其间隐藏着种种难以言喻的误会和歧视。我固执地认为，别人眼中的我一定是一个生活习惯差劲、又爱臭美、焦虑躲闪的人。

久而久之，我甚至也开始承认自己就是这样的人，因为解释是痛苦和无力的，甚至还会让人觉得我太把自己当回事儿，想太多了。但事实上，我一直活在别人的目光里。十几岁的时候，无法做到不把别人的目光当一回事，难道需要被谴责吗？

直到很久之后，我才愿意相信，痘痘只是皮肤问题而已。

因为缺乏对于痘痘的科学认知，从而错过了很多年的治疗期，这期间付出的努力都成了沉没成本，为了掩盖自己的无知而抵触去看医生，成了一种新的愚蠢。

当我见到医生时，我听到的并不是"怎么拖了这么久才来看",而是"吃药治疗"。

医生的淡然对我来说是一种很大的慰藉,没有多余的话,那时我才相信,这就是很寻常的问题,就如同一场感冒。

吃了一年的药,度过了皮肤干燥起皮的阶段后,我终于不长痘痘了。结束调理后,我陆续删了很多以前的照片。

我想抹去的似乎不是我长过痘痘这件事,而是,我曾经这么讨厌自己的脸这件事。

看到朋友发来的照片,唤起了很多回忆。"美不是最重要的",似乎已经成为一种通识,但要越过自己内心的在意,是一个很漫长的过程,是一种把自己从他人的目光里夺回的过程。很久以前,我答应过自己:"如果不长痘痘了,我一定会好好生活,一定不会羡慕任何人!"

从前的我,在帮助我从他人的目光里夺回自己。

现在,我的脸上仍留有一些痘印。偶尔会有人跟我说可以去做处理,让自己看起来更漂亮。但我已经度过了那个最想要漂亮的阶段，十年长痘而后痊愈的经历，让我对一些事情有了深刻的理解。

比如，表象并不那么可靠，显而易见的推理并不是一种智慧，我禁止自己过度谈论他人，因为我永远不可能像对方那样了解他自己。每个人都已经做了认知范围内最好的决定，哪怕这决定在客观上看起来并不是正解，在对方的处境里，我也不见得能做得更好。在十年之后的今天，这种对于他人处境能够达成的理解，对我而言，都比"美丽"更为重要。

现在的我觉得自己漂亮吗？我很清楚我是一个迷人的、有魅力的人，但我的魅力并不来源于漂亮。客观来说，我皮肤很差，黑黑的；我的脸很不对称，眉毛很淡，鼻子很大，法令纹很重，嘴唇很木讷；我的头发很少，发际线很高；我的下巴也不够灵巧。从我的审美出发，我依旧不是一个漂亮的人。

我并不是带着一种"尽管如此，我还是觉得自己很漂亮"的心态来形容自己的。我要谈论的不是审美的多元让我认可了自己的容貌——我甚至都不需要对自己产生认可——而是,我看到自己这样存在着,就像凤凰花是红色的,树叶会从绿色变成黄色,云朵是白色的,它们存在着,我也存在着。

我的存在是如此正当,以至于没有任何词语可以钉住我的所在。我的存在是即刻流动的,用来形容的所有词语本身都有可能会在下一秒失效。我不需要标榜自己松弛而让我的不漂亮看起来易于接受,因为无论什么词语,都无法阻挡我存在的事实。

我就在这里,这就是我自身不容置疑的正义。

像植物，顺应着自己的天性生长

盛夏，过了下午三点，不去饮茶，去看树。

树可以"同化"人吗？我猜想是可以的呀，否则怎么会一进入树林，就有种心安理得的松快。在树下穿梭，像紧贴着夏日暑气的边缘在生活里航行。穿过树叶的阳光细碎温柔，照得每一个毛孔都亮亮的。我好像也变成一棵植物，剥去社会化的身份，被还原成大自然的生命。在没人的道路上一个人极速大跑一段，大汗淋漓，十分畅快。

在这里，"生命"就是我唯一的身份。我在自己的生活里，同时也是自己生活的旁观者。十元一张的植物园门票，对我来说时常是一种提醒：我们不需要花很多钱，就可以拥有美好的一天。

每一片林子都有自己的介绍和养护说明，有的植物天生矮小，有的需要避光养护，有的需要临水种植，有的在夏日空枝，有的在冬天开花，有的甚至不会开花。养护植物的时候，我们知道要为植物找寻合适的土壤，创造利于它们生长的条件，它们只要"好好活着"就好，好好活着就意味着生根发芽，无畏秋冬。可对待自己的时候，标准就会逐渐统一化。好像一边说着"要好好爱自己"，一边总是生活着生活着，就开始对自己很坏、很苛责。

如果我们用对待植物的方式对待我们自己呢？对自己的唯一要求就是"好好活着"，为自己找到合适的土壤，让自己顺应天性生长。

于是，某天我坐在树下，为自己写了一页养护说明：

序诗，一种生性懒惰的植物。

写下自己的懒惰，并不是要刻意改变自己的懒惰。毕竟我们不会要求一株植物改变自己的天性。为了让自己懒惰着也能够好好生长，我继续写下：

养护需知：需要足够的睡眠，需要长时间用

书籍和咖啡灌溉,需要常晒太阳,并在通风条件下养护(散步、逛公园、爬山都是很好的选择)。序诗很喜欢其他植物,所以就让它低矮地依附着其他大树生长吧。

毕竟没有人会指责植物不上进嘛!我又继续写道:

花期:序诗不是绣球花,它总是只开一两朵花在枝头。有人喜欢它的花,说它不张扬也不孤独;有人不喜欢,说它寡淡无趣。但它不在乎评价,它只是生性这样,喜欢自己跟自己玩。花期的序诗总是贪婪地说话、肆意地大笑,不知道这会给别人带来什么,总之它很幸福。

特别注意事项:不要催促序诗成长,它有自己的节奏。它也会低能量、不高兴,但这都是花期到来前正常的现象。无须干预,只要继续按照说明养护即可。

写完的养护说明要总是拿出来看看，多多提醒自己才好。

　　因为我们不常在植物园里，就会逐渐忘记我们其实有多喜欢自己作为生命的本性。作为自然界的一个微小又特别的生命，**我们有自己专属的生长习性，有自己独一无二的花期。**我们能为自己做的，就是找到适合的土壤，让自己顺应天性好好活着——如此养护，花期绵长。

今天你会有好事发生

不知道从什么时候开始,我越来越频繁地对自己说话。

对着镜子,从镜子里面看到另一个自己,像看到一个熟悉的朋友一样,然后在心里对她说:

"你今天看起来很不错!出发!"

"要相信,今天你会有好事发生!"

其实,在内心深处,我一直知道自己看起来并没有那么好,谁都看得出我的疲惫。忍受完今天还有明天,日子是不停歇的车辙化成的省略号。

但至少今天,我仍然相信会有好事发生。

然后,每一天都为自己加油打气。

这几年,从大学到工作,经历了上课、兼职、实习、毕业、上班,此间种种,现在想来好像记不起特殊的事情,每天都忙碌着,低着头赶路。我不清楚别人的生活是以什么为燃料滚动下去的,在地铁和会议中流逝的那些日子里,我对自己说越来越多的话,这些话就像一种自制燃料,支撑着我的生活。

好像从某个时刻开始,我就被盖上了一个完成时的印章,属于可自我创造的时间已经过去了,接下来就心甘情愿地进入流水线般预制的生活里去吧!在那里完成消耗品一样的人生!

而我本人对这个时刻浑然不觉,直到我的医药箱里逐渐多了缓解腱鞘炎的手套、治疗腰肌劳损的药贴、不同品牌的褪黑素和保健品。身体在缓慢地被消耗,而心呢,也很久不敢去品尝"梦想""自由"这样的词语了,美好的词语会刺痛我,提醒我什么是该期待的,什么是不该奢望的。

几年之后,我很意外地走上了不同的道路。

我常常会收到各种私信,私信里的很多陌生人会跟我倾诉他们生活中的烦恼。隔着屏幕看到那些小心翼翼的询问,我会有一种错觉,仿佛这些询问是过去某个时刻的我发来的，我甚至可以感受到那些询问背后的迷茫、焦灼和不知所措，以及想要慌乱地抓住一根稻草的念头。

多像啊，我们的人生，好像关于世界的正确答案永远掌握在别人手上。因为别人的一句无心的话咀嚼到深夜的我；有很多不甘心却又不敢施展野心的我；很多次讨厌自己的我……

这也全部都是我啊，我时常在心里大喊着："请你回答我吧，无论你是谁，请给我一个答案吧！我只想努力地去相信一些什么。"

如果要给过去的自己发送一条信息，该发送什么内容好呢？

去苛责自己？去安抚自己？还是去鼓励自己？想了想，我最后敲下了这句话：

"请相信，今天你会有好事发生。"

Chapter 2
明天也是好天气

易得的生活解药

杭州有很多街道和山林之间的模糊地带,走在这样的地界上,总能看到爷爷奶奶摆摊打牌,继续往深处走就是树木葱郁的山林。这样的地方最有烟火气,好像时间在这里停摆,山神尤在,久居之人闲逸不问世事。

晴空之下,衣物和树叶隐蔽着的街道像宫崎骏漫画里的"风居住的街道"。凉爽的风从山间吹来,穿堂而过。我很喜欢街道旁晒着五彩织物的阳台。蓝绿的遮雨棚在阳光下颜色鲜亮,和织物一起被晒得里外通透。晾晒真是一件美好的事情。每每路过,好像可以闻到温暖的阳光气味,想象到接触皮肤的舒爽。每一次穿行这些街道,都觉得我在反反复复地爱上杭州。

闹哄哄的街道的尽头,藏着一条巷子,白色拱门被市井蔬果装点,沿路是地道的葱包烩和素烧鹅小摊。有人在此地打卡,拍出来的照片透着一股子浓郁明媚的老杭州气息。春卷现买现炸，冒着油光捞出来才够香，拿回家表皮还是酥脆的。我一直往巷子里走，直到走到糖藕摊头。

体面的杭州本帮菜店也有糖藕，细细的藕身裹着薄薄的素色糖衣。这不是我迷恋的糖藕。糖藕一定要在菜市场买。小时候跟着奶奶逛菜市场，我拿着菜，心不在焉，只等着绕到糖藕的摊位。糖藕，顾名思义就是用糖熬煮的藕，最妙的是本来就香甜拔丝的藕里还塞了糯米，用竹签穿在一起，熬煮之后，糯米的香气、藕的清甜、竹子的味道，就被轰轰烈烈地浓缩出来。

卖糖藕的摊位和做熟食的摊位一般在一块儿，大约因为都是端上桌做冷菜的，但等它变成冷菜端上桌的时候就没有那种味道了。我喜欢在它刚从糖水里被捞出来的时候就吃上一块，甜得层次复杂的糖藕汁沿着藕断丝连的丝儿，滴落在嘴边和手上。

大约是因为小时候养成了吃糖藕的习惯，长大后成了一个知足的享乐主义者，吃不了一点苦，就像和老板买糖藕时那样理直气壮。

整条老街,都飘忽着一股子闲逸,这时候,初来乍到的人便会知道:

"杭州并不属于高楼。"

我也时常在匆忙间模糊了这个事实,但身体自有它精密的校准器。感到泛滥的信息正在扰乱我的平衡时,我就往山林边缘走,走进闹中取静的山林里,让山风吹一吹心里的灰尘。山林深处,像是山神庇佑之地,山壁上画着神明,路过诚心可拜,有人记得此处,使香火不断。枯木逢春和落叶归根在亚热带的山林里同时发生,四季在深邃山林里糅合,藤蔓遍生。

在杭州生活的好多年间,我很多次跑进山林,树和山风会抚平我。在这里,我可以永远无知。在山林里会听到山风送来喊山声,会心一笑地感知另一个寻求平衡的人也在山间。深吸一口气,把身体里的焦虑和烦扰悠悠荡荡地喊出来。不会被反馈,也不会被安慰,山林只默默无语地吸收,再化作更绵长的山风,拂一拂你的衣袖。于山林而言,我和花草树木、飞虫蚂蚁无异,无论我形态如何,它只保持它的慷慨。

出门去喝一杯咖啡吧

"为什么这些人可以在工作日坐在这里喝咖啡?"

每次在上班的时间跑去咖啡店摸鱼的时候,总觉得困惑。有的答案显而易见,打扮干练、笑得很礼貌的那桌人是在谈工作,坐着玩手机的中年女性是在等孩子放学,拿着电脑戴着耳机的,也许是不用坐班的人吧。有一些看着年纪小,一会儿聊天一会儿玩手机的,是学生。

那和我一样两眼放空的年轻人,也是出来摸鱼的吗?

有时候,上班也很有趣,可以遇到新鲜的人,我们在一起碰撞出一个有意思的点子。这个部分就是无聊工作中的高光点。因为一旦开始汇报,这个点子就会被锁进商业化的框架里,虽然它看起来还是同一个点子,但出发点完全不同。

这时候,咖啡是空隙般的存在,是为了更好的工作状态而合理化的摸鱼理由。还要去店里喝,因为我们不想用一次性杯子。有时候会故意走得远一点，喝得慢一点，好像暂时放下的工作能够自己解决一样，最后因为不得不回复的信息而回到办公室。我习惯了这个过程，不再反抗这种改变，兴致怏怏地把它完成，仅此而已。就像那杯喝得很慢的拿铁，奶泡瘪了，温度冷了，时间也消磨了。

开始自由职业已有一年，我还是每天都会去咖啡店，一个原因是我所住的是商住一体公寓，左邻右舍几乎都是公司。兴高采烈地搬进来办公，没过多久又倒闭搬出去，重新装修后，又会有新的公司搬进来，创业难在这座公寓里像一场搬家的行为艺术。在这一年的租期内，我的左邻右舍轮流装修了个遍，无奈，我只能跑出去躲清静。

但最主要的原因是，我要让自己出门。

只要想着"出门去喝一杯咖啡"，我就一定会出门。一旦出门，就会呼吸一下外面的空气，感受天空下的生活。天气好的日子，路过公园的时候，就在公园的长椅上坐上一小会儿晒太阳。

我是一个不太会勉强自己的人，保持自律、维持一个良好的生活习惯，都因为听起来要付出太多努力而难以坚持。我常常被自己的懒惰打败，陷入低能量的阶段。在低能量的时候，咖啡像是一个强制自我启动的按钮，到现在为止的一年里，我常常为自己按下这个按钮。

每当我一个人在家，一个人一整天都不说一句话，只想把自己关在屋子里封闭起来的时候，"出门去喝一杯咖啡"就成了我和外部世界的连接。

旧的能量不从身体里排出去，新的能量就无法进来。把自己关在家里的时候，不想好好吃饭，也不想洗脸、刷牙，但只要走出去，走到阳光里，走到天空下，走到咖啡店和老板打上一声招呼，按钮所启动的能量就突然被激活了。

咖啡店是个神奇的场所，如果你常常去同一家咖啡店，你就会自然而然地和里面所有的熟客打照面。偶尔可以彼此聊天，你在吧台抛出的问题，可能会被坐在窗边的客人回答。我们并不知道彼此的名字，但我们共享同一个场所。

上班的时候，我时常想象自己要是不用承担任何压力，可以和同事友好地相处就好了，我会觉得在办公室有人一起泡茶、一起吃饭也挺好的，而咖啡店几乎就可以实现这些想法。

只要进入这个场所，我就会想要去吃一顿好吃的，喝点好喝的咖啡，和常见面的客人简单聊聊天，看看书，自然地开始处理工作。

一天又有能量做很多事情，但最初，我只是告诉自己：

"出门去喝一杯咖啡吧。"

阅读是场盛大而微妙的碰撞

"能沉浸地读书是多么奢侈的事啊!"

当我说出这句话的时候,你一定也在点头吧!

最初,我是说最初的最初,你也读过一些书,享受过书带给你的快感,那是一些无意识的心意相通。直到此后生活中有与书中相似的情境出现,多年前埋下的伏笔,再度回环地冲击你。

让你迷恋的不仅是阅读时的快感,更是在往后的生活里跨越时空的碰撞。

因此你从来都知道书是极好的。

这种盛大而微妙的碰撞一旦体验过一次,你的心就会不自觉地留白,心里总有一处地方在发生着连你自己都不知道的化学反应。你迫切地想要再度体验那种碰撞,但是越迫切,越想解读,那种留白就会越多,像是永远不可能被填补。

你以为是技巧的问题,就像其他事情一样,做得不够好,总会被认为不是技巧的问题,就是努力程度的问题。

但在学习技巧的过程中,同样出于无意识地,一种矛盾在你身上出现。

你滋长傲慢,你觉得读书就是一种更高贵的消遣。但同时也有一种不得不谦卑的心情,在"多抓鱼"平台买书甚至要匿名。

"怎么连这本书都没读过",连你自己都会这样对自己说。

你忍不住用现实世界的道德术语去批判小说的故事,却又担忧地闭嘴,想先听听别人怎么说。你既希望自己所说的关于书的理解被认同,又害怕诉说本身会暴露自己贫瘠的头脑。为了找寻更多认同感,你开始听播客,你会转发,用一句播客里的金句来替你说话。

你的世界开始充斥着播客里的金句、书里的金句,你需要金句来维持你阅读的"获得感",但这种"获得感"并不同于最初的快感和碰撞。你可以一直读下去,假装那种留白不存在,用"获得感"来减轻对于自己的内心永远有一部分失控的担忧。

你学到了很多新的词语。你用"内耗"代替描述具体流动的不安,你用"祛魅"形容对曾经憧憬过的事物的贬低。然而在互联网空间里,这些词语的词义正在不停被撑大,失去原意。你逐渐感受到这种表达的隔靴搔痒,你一边期待更为准确的自我表达,一边任由别人的语言填充你的表达空间。

当你想要具体说些什么的时候,你已经不能再运用自己的声调说话了。

你的世界成为一袋散装的字典碎片。字典里写满了金句、网络词语、别人的声调,而那种撞击的声音久久没有出现过了。

如果不依靠别人,你还能抓取到这个时刻吗?

你深深怀疑着。

这种怀疑让你很难再进入一本书中,你成了一个在外面的人。

"她说的是我在想的吗?"

"我怎么好像读不懂?也说不清自己的感受。"

"为什么别人就可以分析出这么多,而我却没有想法?"

"这个人的观点,和另一个人的观点,我听谁的?"

"读完这本书,我好像什么都没有学习到。"

"有什么书可以让我不那么焦虑?"

"有什么书可以帮助我认识自己?"

……

诸多杂念,你好像忘记了怎么阅读,就像失眠的人忘记了怎么睡觉。

你只好问:"有什么书可以教我怎么读书?"

你渴望有人清清楚楚地用"道理"来帮你解决生活中的问题。

而道理和获取道理的渴望本身,会阻挡你沉浸于一场故事之中。

对,你的矛盾已演变至此。但在当下的时间轴,你永远无法指望语言所构建的书的世界,能帮你解决任何现实的问题。

你问了那么多关于读书的问题，但你要问的其实只有一个问题：

"我到底为了什么而读书？"

为了道理？可你逐渐意识到道理的不稳固，稳固的只有立场。

为了知识？获取知识的途径不止这一种，这也不是最高效的一种。

为了解决你的问题？如果真的能解决，你也不会在这里想这个问题。

为了什么？

你闭上眼睛，想到最初你阅读的感受：好像是为了那种沉浸其中的快乐，没有道理可言，没有知识的获得感。仅仅是沉浸其中就足够幸福了，是花很多很多钱都买不到的奢侈。

在地铁上，书让狭小的空间变得广阔。在夏天，书让身体暂离地球表面，在想象的国度里避暑。在等待未来的

当下，书让时间变形，让你穿梭在无数人的生命里。

你可以信任眼前这些书的书写者，也许在现实生活中你从未这样信任过任何人。你为的是这个，以及在未来的某一天，他人的生命故事也与你交集。你仿佛早已活过一次，你不惧怕，也不焦急。

你为的是这个。

你得读下去。直到推开过去的一切"道理"，建立关于你自己的人生哲学。

读下去。也许你的问题仍然不会被解决，但起码，我是说，最起码有地方可供你逃避，让你足够信任的地方。而其余的，都交给时间。

一个香喷喷的念头

每天晚上都会想一想,明天的第一顿饭吃什么。对于必然来临的第二天,怀着一个香喷喷的念头,等待着。由这样微小的期待串联而成的一个个日子,像滚雪球一样,可以滚成一大片极具幸福感的时光。

我看起来总是很高兴,但其实我很难一直保持情绪的平稳,每天花掉稳定的能量,刚刚好保持着满足又不至于过度消耗。也许我到了50岁可以做到,但现在我还是个贪婪的年轻人,有时忍不住高兴过了头,就会感到疲惫。所以日常里会给自己准备很多能量的小收纳盒,需要的时候,就打开某一个收纳盒。

"哇,这里有个能量小雪球!"

啃食着从前的自己为低能量阶段的自己准备的小雪球,平静舒缓的力量重新在心里流淌起来。我就是这样好好活着的!空想着展示对于生活的权力,并不能获得对生活的掌控感。但打开冰箱，看看里面有什么，在心里盘点和规划冰箱里的食材，在这个过程里，满足极容易生长起来。口腹之欲，是最基础也最容易满足的欲望。这些食物大约什么时候可以吃完？需要去采购一些什么呢？

每次采购的时候，脑袋里会思考最近想做什么菜、想吃什么食物、什么食材应季，肠胃和食欲本身比节气更为准确。到了清明，就听到自己的身体说"想吃清明粿啦"；到了夏天，就自然而然地啃起了西瓜。比起在网上买菜，总是面对同样的食物照片而感到审美疲劳，去逛菜市场会更加有趣。蔬菜和水果，在不同的季节呈现出不一样的状态，甚至连鸡蛋也能分门别类地摆一整个摊子。有时明明食欲不佳，但只要走进菜市场，立马会被大家对食材的热情所感染。摊主们相互熟识又彼此较劲的样子非常可爱，他们会告诉你这一季节主推的是什么，刚上市的菜怎么做比较好吃。不需要额外花钱购买葱姜蒜，每一位摊主都会往你的袋子里附赠一些，这是菜市场里的大家暗自遵循的不成文规定，也是彼此心照不宣的小福利。

采购到来的那一天，可以买些鱼、虾、蛤蜊之类的食材，它们放不久，购买的当天就要吃掉，像采购日一个小小的奖励。有特殊味道的食物也要尽快吃完，不然会腌渍一整个冰箱，这就需要思考怎样烹饪同一种食材而不感到腻味。比如韭菜，第一顿少量放进米粉里，第二顿做韭菜炒蛋或者韭菜饺子。最考验创造力的是"边角料日"，在下一个采购日到来之前，打开冰箱全是食材边角料，煮一顿边角料小火锅是边角料日不会出错的做法。

大学毕业之后，我就开始尝试自己做饭。每一个租住的房子都必须有一个小厨房，哪怕上班时忙得没时间做饭，有厨房的屋子也像是一种暗示，一种"我随时都可以为自己做一顿饭"的暗示。我做的东西算不上好吃，不过我却对此十分有热情。因为做饭的过程像极了剪视频，把素材编织到一起的过程，就像把不同的食材切好，扔进锅里，体会着不同食材的区别，细细品味着它们和不同调味品搭配的风味。沉浸在其中，甚至会有心流之感！

久而久之，我的视频剪得越来越好了，至于做饭，即使天分不好，也因怀有热情而缓慢地进步着。不管做成什么样，恋人总是吃得很开心，他也无心地保护了我做菜的热情。几年下来，我已经有三四个拿手菜了！

当我有声有色地向别人描述我如何计划冰箱里的食材时，总觉得自己有在好好地关照自己的身体，从中得到的掌控感，不是出于紧张而随机抓取的命题，而是实实在在的幸福感。普通人的生活并不由了不起的事件构成，而正是由这样微小的幸福构成：学习合理地采购和分配食材，让浪费变少，还让每一顿都吃得好；在西湖边偶遇小松鼠吃饭，我和小松鼠打了个照面；睡醒后，我那不亲人的小猫冲上前来蹭我的脑袋；随便淘到的书，却读到了心意相通的文字……这些看似微不足道的幸福所带来的快乐的激荡，丝毫不亚于任何一个野心家的成功。这样的幸福，是无声的、不着痕迹的，因为微小，还多了几分独享的隐秘快乐。

每一个香喷喷的念头，都值得被赞美。看到它们，让它们在日常的一天一天里,滚雪球般滚成对往后生活的期待,当这种期待形成时,"爱具体的事物"所带来的迷人魅力,就会释放它的力量。

我的"喜欢清单"

心情不好的时候,就端端正正地坐在书桌前,拿出纸笔。

现在,就到了写"喜欢清单"的时间。

我将在"喜欢清单"里,写下这个世界上我喜欢的一切。我想自豪地说,这简直可以说是我自创的正念过程呢!

"我喜欢……我能喜欢什么呢?"

我明白,心情不好的时候,要列举喜欢什么是真的难!所以,可以一点点、慢慢地列举具体的事物。

我喜欢仲夏时节突如其来的雨,这样的雨过后,往往有秋天般的柔软,树叶缀满露珠,地面蒸腾雾气,绿意滴落在被阳光晒透的小水洼里。

做得好!继续再想想!

我喜欢小猫柔软可爱的身体,喜欢看它在阳光下晒得眯起眼睛,耳朵透明得能看清血管。阳光下的小猫惬意地伸个懒腰,再沉浸地舔着前爪。看小猫舔爪,真解压啊!

我喜欢刚换了四件套的被窝,里面藏着一整个晴天的心意。喜欢乱糟糟的书桌,在桌子边摇摇欲坠的书堆里随便找一本想看的,再点一支蜡烛,伴着燃烧的蜡烛,进入作者为我预备好的世界。

我喜欢浓油赤酱的、香喷喷的面条,再加点辣椒面,滋味浓郁,吃的时候被辣得呼哧呼哧地大喘气,再及时地来一杯旋转着冰块的好喝的咖啡。啊!此刻成为舒展开的悠长假期,可以尽情倦怠。

我喜欢颜色热烈的花朵,喜欢掠过天空的飞鸟,喜欢被浪漫裹挟的落日余晖、树叶间晚风的形状、晚霞里古塔的暮光,还喜欢在绿树成荫的不知名小巷里,跳起来去碰围栏上垂挂下来的花,短暂地脱离地心引力。

我喜欢在熟悉的城市里一遍遍抬起头,张望熟悉里面的陌生和陌生里头的亲切,喜欢冒险里的安全和安全里的冒险。我喜欢能带我走一天的凉鞋,喜欢八月的傍晚天空燃烧的火烧云,喜欢牵手和充沛的拥抱,喜欢爱,喜欢具体生活里微不足道的事……我喜欢它们像拼图一样将我喜欢的生活填满完整。

只要开始尝试写下这份"喜欢清单",流动而出的事物,像是能没完没了地填充这份清单。

在看起来潦草过活的日子里,原来有这么多被忘记的"喜欢"啊。回头想想一开始的不愉快,问题本身无法被这些喜欢的事物解决,或者说只要活着,就不会有问题完全被解决的一天,但同样,喜欢的事物也会随着"活下去"这一事实本身而无限繁殖。**由这份永远无法穷尽列举的清单里详载的种种雀跃之情支撑而起的生活,自有它抵抗困难的能量。**

在生活的水流里穿梭

我早知道我有许多"无用"的天分,但依靠着一种"我是鱼,我天生就会游泳"的想象,我拢共花了三个小时就学会了游泳,还是让我既惊喜又自豪。

起初,游一趟需要停下来三次,调息,继续游。一边游一边赞美自己。我很喜欢待在水里,身体比在陆地上更为轻快。浮力为我分担了一部分躯体重量,让我更为灵活地顺着水流前进。我感受着想象力溶解在水里,浸泡着我。

从我身边游过的人也是鱼。花泳衣的小孩们是五颜六色的小丑鱼,黑泳衣的成年人是黑色的食草鱼,男人是巨大的肉色海星携带着三角塑料袋(考虑到海洋污染嘛)。好多次看到一个同样穿着黑色泳衣的女孩在前面游,我想,我们大概就是这片海域里群居的一种鱼。她的泳衣裙摆从周围的浮标旁掠过,像鱼儿穿过珊瑚。我顺着她游动的轨迹穿过珊瑚,感觉到了当鱼的自在。

我喜欢在晚上最后一段开放时间进入泳池。这个时间段人很少，泳池四周的出入水口在释放冷热水。我会憋很长一口气，一直往前游，在水里看到泳池底部的瓷砖线条隐没在前方的一片蓝色里，身体感受着冷热水的交替，心律平稳，憋气持久。我像在一个真实的洋流里迁徙。闭馆哨音吹响前，我都着迷于这种想象。

技巧是好的，但从一开始就接触技巧，会让我与想要尝试的事物之间产生距离感。所以一直以来，我都是想做什么事情，先做一些想象和尝试，试图在尝试里面找到一点舒适的身体感应，再用这种感应引诱自己深入这件事情的内部，此时再补充技巧的学习，也能够加深理解。游泳也是依照这种方式，通过从游泳当中获取的"游于水"的经验，再去试试"游于风"。也许有一天我会去学滑翔，滑翔和游泳有些相似。从很高的地方俯冲，熟悉风，感知自身的重力、勇气和关于天空的旺盛的想象力。膀胱在克服重力的过程中紧缩，光是想想，就紧张得想要勾起双腿，小腹也已经变得酸胀。

这种感应往往是藏在日常之下的部分，游荡在具体的生活之水下，同时也是飞行在空中的，常常因为看起来没什么用，总是溜走，想要抓住的时候，却发现自己抓住它们的能力变差了。绩效社会不是为善于敏锐感知的人建造的，更多时候，我们想要获得计算的能力、预测的能力、安排统筹的能力。我们希望这些能力帮助我们通向未来，以便减少不可预测性带来的不安全感。

但敏锐感知的能力是"当下一刻"的能力，细细咀嚼已发生的事物，捕捉此刻内心与周遭弥合时的细微动荡。我一直在训练自己的感知能力。

我在学习游泳初期感到换气困难，靠着泳池墙壁大口喘气的时候，听到隔壁泳道两位阿姨的对话。一位阿姨说自己看了很多教学视频反而更难换气了。另一位阿姨说："别急，游泳就是一个过程。"

阿姨的话语顺着水流送到我的身边，我再一次探入水中，心里默念着"别急，游泳就是一个过程"。

在我起势微微扬起上半身时，我的头自然地浮出水面，不再需要用力地使用颈椎的力量让它探出水面。

"啊,我会更顺滑地换气了!"我心想。

一周之后,我可以一次游完一条五十米的泳道。

生活在陆地上的我,也依靠着与"水中飞行"一样的感知方法,无数次地穿过情绪之水。

做自媒体的第一年,我经历过一阵很严重的焦虑和自我怀疑时期,频繁记录自身让我在某一段时间里对自己感到陌生。"我对着镜头说这些话,是因为我真的想说,还是因为我知道大家喜欢我这样说?"这对我而言很重要。

如果我带着追求真实体验的目的做一件事情,却在这个过程中不自觉地开始讨好,哪怕这是一种善意的讨好,也是对初衷的背离。我需要做出决定:自媒体对我而言是一个自由的表达空间,还是一份工作?如果它逐渐成为一份具体的工作,则需要关注大家热衷于讨论什么、数据情况如何。

我对内容一直很敏锐,很多时候仅凭直觉就可以判断这是不是容易获得流量的内容。我试着发过两条追逐热点的内容，尽管也有很多点赞和喜欢，但我太难受了，好不容易凝聚在我身体里的表达欲，只需要说一次哗众取宠的小谎，就会全然消散。我不知道别人是怎样做自媒体的，但我不要求自己赚很多钱，变得很有名，甚至被很多人喜欢，我只希望自己诚实、坦白、求真。如果我的表达足够诚实，因为诚实而获得的喜欢和认同才是正反馈。但如果其中掺杂着虚假，那我获得的点赞和收藏就都在喂养虚假。

那是我第一次意识到"做自己"并不是一件容易的事情。

我们易于判断那些丑陋的阻碍，比如，他人的攻击和质疑，但我们难以识别那些美好的阻碍，一旦把自己放进他人的目光下，就会不自觉地承担他人的期许。"我觉得你是一个很温柔的人""你要一直保持这样纯净的状态"……这些善意背后的压力同样是表达者的阻碍。我要做自己，就意味着我要不停地往前走，质疑不可以让我停下来反击，赞美也不可以让我停下来享受。

被误解是表达者的宿命吗？不对，表达才是表达者的宿命。"被误解是表达者的宿命"这句话背后已然是另一种表达者的自恋了,是表达者被看到之后沾沾自喜而言不由衷的"示弱"。在这条水流里,我要不停地感应、流动,唯有流动是水流唯一的恒定。

我会一本一本地翻阅书籍,意图被一种叙事捕捉,陷入痴迷般的啃食状态中。我很爱作家玛吉·尼尔森[1],她诗性、幽默、激进、温柔、智慧、诚实。他人的表达无法直接形成新的创造,但表达的欲望是一种极易被感染的欲望。一直读下去,像数次潜入思绪之水中,让浮力分担我感知的压力。带着表达的欲望在思绪里一直游,在水中保持开放的状态,等待那道特殊的水波打到我。

后来的某一天,我去剪头发,我对相识了好几年的理发师小宇说:"我想剪完这次头发之后,把头发留长,然后烫卷!"曾经我这样试过,结果怎么都看不惯。我以为小宇

---

[1] 玛吉·尼尔森:美国作家、评论家、诗人,被誉为"美国当代最令人振奋的作家之一"。

会阻止我，结果小宇说："不要纠结，你只要想了你肯定会去做。"

之前他从来没有讲过这样的话。

这样的语言被不经意地说出——出现了，日常之下的部分。

"不要纠结，你只要想了你肯定会去做。"

我的水中飞行，从未失败。

剪完头发，从店里出来，肩头因为剪短的头发而轻快起来，我的心跟着也轻快起来。我抬头看到了一道彩虹。彩虹啊，尽管它微弱地隐藏在灰蓝的天际，甚至连江边的雾色都比它更清晰，但那可是彩虹！

我很确信这是只属于我的彩虹，与我并行已久的焦虑和自我怀疑在那一刻烟消云散了。我感到生活的水流又一次将我牢牢托起，一切磁场和能量都在它应在的位置。对了，此刻就是我最好的解法。在一次次的自我叩问和对话里不留余地地识破自我的谎言，穿透幻象般的内耗，寻找到内心的黑洞。

这些情绪、焦虑或者压力，看起来是如此恐怖，以至于我总是忽略，即使是这么恐怖的黑洞，这么恼人的情绪本身也是生长在我身体里的一部分——我的鱼鳃、我的鱼鳍，我并不需要压抑它们的存在，否认它们的出现，而是应该在水中飞行的时候，让它们伴随我再一次深入水底，看到自己每一个真实的样貌。

发酵盲盒

我爱喝酒,但酒量差得不得了。以前每到周五都会去小酌一杯,很挑嘴,能力有限也不能多喝,所以喝到难喝的酒会郁闷。开始自由职业后,没有了严格的工作日和休息日的分别,但到了周五还是会被一种惯性支配,高低想来上一杯。

我猜想每一个小酒鬼的养成故事里,都有自制青梅酒的片段。

浸泡酒不涉及发酵,但也有很大的随机性。我太喜欢随机性了,就像生活里免费分发的自制盲盒。大理的青梅在五月最好,快递到家的时候,打开箱子就能闻到梅子香。因为嘴馋,我吃过这些"适合泡酒"的青梅,确实只适合泡酒呢,酸得我眉毛升天!

遵照数据的泡酒总让我觉得缺了点好玩的意思,所以我泡起酒来简单又随性,处理干净梅子后,就将梅子和家里剩的金酒一股脑儿全倒进罐子里，装满，就完成了！

起初每天都去看看，后来兴致过了，就忘了这回事。到了十一月，我无意间打开放酒的柜子，顿时酒香四溢，浓郁的梅子香和金酒的杜松子风味尾韵十分搭配。也许，世界上第一个发现水果能泡酒的人，打开盖子也是这样的惊喜。往后，我每年都会为自己泡一罐梅子酒。和第一次一样，随性地装起清洗干净的梅子和金酒。半年后就可以开始喝，直到第二年的青梅酒泡好，一整罐足够我小酌享受一整年了。

浸泡酒的随机性是"保守"的，尽管我不按比例行事，但从一种酒变成另一种味道的酒，出品还是很稳定的，你大约能预料会喝到什么味道，"顺其自然"就是青梅酒的智慧。而真正的发酵，是从自然中获取原料。原料的品质、发酵和储存的温度都会影响发酵这个过程。正在发酵的东西，那真是一个"活物"。

过去，出于工作的原因，我接触过几位有趣的发酵手艺人。

其中一位是绍兴一家酿造厂的厂长，其人眉毛茂密，眉尾上扬，像一位隐居江南的老神仙。他操着一口绍兴普通话，如数家珍地给我们演示古法酿酒的手艺，每个环节达到一定标准，他就用土话说"好了"。

好没好，并不靠机器辨别，而是依靠他数十年经验练就的"感受"，看一看色泽、捏一捏米粒、闻一闻香气、咀嚼一粒，就能总结出一个极精准的"好"。如此看来，他确实也是老神仙。

还有一位是办活动时邀请的嘉宾，通过她，我第一次知道茶也能发酵。发酵后的茶叫作"康普茶"，口感介于茶和酒之间，红茶因为发酵而产生天然的气泡感和酸度，十分美妙。办完活动之后，她把带来的菌母送给我。菌母像一只被关在瓶子里的水母，它真的是活的！

我开始发酵茶，看到菌母以惊人的速度繁殖，装瓶后满满当当地塞满我的冰箱，我才知道为什么发酵可以让人痴迷，以至于成为一项事业。除了你可以准备的原料和知识，发酵大部分时候都依靠天意和时间。我无法忍受等待，

却十分迷恋这种时间造就的惊喜，每一次开罐的风味都是无法复刻的。

回看那时候的我，也正处在一场重大的转变之中，每一种新的尝试，都像是一场发酵，惊叹于每次发酵的风味迥异，正是在充分承认自身的多种可能性，任由一切发生。

去年秋天，我在北京和朋友果果说起这段经历时，正坐在她电动车的后座上。她说："我听你说的时候，感觉你内外部的世界统一了，你很幸运，我为你感到高兴！"

当时，我不语，转而被一种宿命感击中。如果不是因为爱喝酒，我也不会开始尝试泡酒；如果没有入职最后一家公司，我也不会开始发酵茶；如果我没有寻觅人生更多的可能性，我便意识不到发酵的美妙；如果我无法领悟其中的智慧，也许我就不会辞职开始探索新的生活；如果我没有做自媒体，就不会认识果果；如果我不认识果果，就不会在这一天，坐在她的车后座上，和她分享这段经历，从而回望这一连串迷人的蝴蝶效应。

所经历的都是有迹可循的,把发生过的事情都存放在内心的小瓶子里,视它们为活物,给它们时间,让它们发酵,挥发出迷人的风味,除了等待我什么都做不了,什么都不必做。未来某天,突然打开其中一个瓶子,发现早已酒香四溢。我心里明了:这才是我真正的幸运。

陌生春天的白日梦

白日梦的开始总是恍惚又明亮的,我骑着一辆平平无奇的自行车,穿着白色的衣服从一团光晕里摇摇晃晃地出场。像电影《楚门的世界》一样,我似乎发现有人在拍摄我,但我是这个梦境的导游。

我可以毫不惧怕地说出那句:"祝你早上好!中午好!晚上好!"

这是一个极为无聊、缓慢的梦境,如果你问我这是什么季节,我无法回答你,因为这里没有季节。枫叶转眼又绿转红,叶片上的水珠会变成琥珀,柳絮化为飘雪。天上的云挂在树上,我们变得很小,排着队沿着斑驳的树皮爬上云朵。哦,这不是云朵,而是无聊的美好聚合而成的实体物。感受到了吗?被托起、被包裹,你也可以在里面做一个梦中梦,云朵会帮你编织一个新的梦,带你进去。做梦是很本能的事情,你不需要学习,只需要顺着你的心。

但你可不要着急，一旦着急，它就会散开。

如果你牵我的手，碰触到我，梦也会结束……

啊！别！你看，云散了吧！

好了好了，抓紧我，别害怕。你看，现实的春天也和做梦一样。我的每一天都过得像一个白日梦，没有云朵的时候，我们还有想象力，闭上眼睛，发着呆，就能看到自己的思绪飘起。

你也想听一听我的故事？

我毕业后的工作是通过创造梦境获得收益。当然啦，年轻人的创造力、想象力、睡眠能力、做梦能力信手拈来。我造的梦可以平静细碎，也可以磅礴盛大。这是我生来的能力，贩卖梦听起来是一场无限制的生意，我很高兴，接受了这份工作。

那时的我并不知道，梦境的成本远比我想象的要大。

我带着一个个着急之人进入梦境，看着他们的焦虑和过度的功利性把我的梦境世界拆毁。他们问我这个梦可以创造多少价值，换算成多少钱币。没完没了的计算，曝光和转化的僵硬数字，让梦境的光晕消散，你现在所看到的发着光的一切，当时都黯然失色。

久而久之，我开始失眠。我无法做出从前那样美妙的梦，甚至因为害怕面对贫瘠的梦境而不敢入睡。从前那种轻易的飘浮感所带来的轻快，荡然无存。

在这一过程中，我失去了原本真正属于我的东西。我再也不想把梦挥霍给无关的人了。我拿着我赚到的钱，爬到人生柜台上，想要赎回我的梦。里面的人摇摇头，告诉我：**所有典当的物件中，唯一无法赎回的就是梦境。**

我记得那时的我站在春天的街道上，和自然之间隔阂颇深。陌生感叫我无法往前，也无法退后。为什么陌生呢？仔细算算，当时的我已经有三年没有好好过过春天了啊。

别紧张，你看，我又把这些梦造起来了。

尽管和过去完全不同，但由于经历过失去，我越发珍惜这里的光和云朵。你忘了刚刚我们说的吗？做梦是一种本能，我所做的无非是顺应本能而已。

Chapter 3
爱本就是无解的命题

拥抱是人类最小单位的奇迹

我时常想象这样的场景：

在很冷很冷的天气里，我们拥抱在一起，影子镶嵌得正正好，红红的鼻子靠在彼此的肩膀上，哈出的白气升腾起来，我们就这样一直拥抱着。我想去这样的地方——冷到我们只能不停地拥抱。

在我们的文化中，拥抱并不是主流的沟通方式，以至于很多时候，我确信一个拥抱就可以解决的事情，却需要不断地动用语言，说得精疲力尽时，再给彼此一个拥抱。

人类的设定真狡猾呀！力竭的时候，拥抱简直就是最小单位的奇迹。

我们把手臂交织在一起，交付信任给彼此，能量在我们之间流动，像一个灵魂浇灌了另一个灵魂。拥抱的时候，我们回到了"动物"的身份里，彼此交换气味，肢体触碰，感受温度，用最原始的方式接纳彼此。这一过程，是上好的药剂，治愈我总是在不停渴望爱意的一颗心。

不是每一次我们都可以鼓起勇气伸出双手，我明白，因为我也有一颗偶尔很硬的心。这颗心时常是柔软的，可以把自己完整地推到一边，雕琢出足以容纳更多人和爱的空间。但是不管我有多小，一旦这种完整性受到损害，这颗很硬的心就会把里面所有的一切都驱赶出来，重新变得硬邦邦。让我们和朋友做好这样的约定吧，每当这时候，都要不顾一切地拥抱彼此。

让"给我充充电吧"这句话替代"我没事"。

然后闭上眼睛，栽进一个安全的拥抱里。

没错，和世界上很多事情一样，拥抱看似毫无意义，问题无法被拥抱解决，世界不会因为你我的拥抱而变得和平。但我们不总是相信日常。所以需要一些奇迹般的时刻，来抵御日复一日平淡生活中滋长的困乏，显露出当下这一刻的能量和美好。

在这个奇迹般的时刻，哪怕冰川融化、大陆淹没、在世界尽头的船里，我们拥抱着沉沦在"终局"里，也不会感到恐惧——这就是热爱拥抱的缘由了。

你好，鲸

像我们这样长大的女孩，察言观色是一堂必修课。

我们敏锐地觉察到祭祀场合和喜庆场合的共通之处：为了一种形而上的庆祝而把家人们聚在一起吃饭。但如果你恍惚地弄错了场合，在庆祝结婚的场合和来做客的同龄小孩玩代表着不吉利的医生给病人打针的游戏，那么你免不了挨一记头板。

每每有外人在的场合，我们都会乖乖地被家长牵在手里，就像带有录音功能的洋娃娃，手上有一个开关，只需要被捏一下，就会绽开一个极为乖巧的笑容，机械而甜美地喊一声："阿姨好！叔叔好！"记得，被夸时要害羞，不能骄傲。

我们看得出爸爸妈妈的心情好不好，即使被承诺要买点什么，碰上他们心情不好的时候，也要说："不用了。"因为那不是我们应得的，而是被恩赐的。

就像拥有了情感的"第二触觉",我们极容易察觉到他人的情绪从而造成自身的情感波动。但这个世界好像并不容纳我们的波动,而需要我们掩盖自身的情绪。与此同时,身体里的另一个我早已疲于扮演。这一怪圈让我们一度陷入到一种绝境中,既无法接住别人的语言,也无法接受自己的反应,我们的每一个动作都是错的,不是被"假的我"担忧,就是被"真的我"审判。

这样长大的我们,逐渐变成这个世界上游走的虚伪的鲸,我们能接收到其他同类的频道,能捕捉到那被压制的隐约的哭声。

我听到你了,听到你们了。

在无法接受自身敏感的那段时间里,我的身体时常引发海啸,直到我游入了一片专属于我们的海域——世界上真有这样的存在,它可以是森林、高山、大海或沙漠,甚至是路边掉落的凤凰花的花蕊,我用我的"第二触觉"看到这世界的另一个隐秘入口:

在一个蝉声鸣响的下午,我看见地上火焰一样的花朵,像大自然慷慨掉落的珍贵道具。捡起来挂在包上，为此我感动了一整天，温热的快乐在流动，这就是我的"第二触觉"所带来的无与伦比的生命体验。

你好，鲸，如果你能接收到我的频道。

我想告诉你我多爱我敏感柔软的心，我看到你看似无奈的沉默，其实是更用力的抵抗。

我们将驶入一片更广大的海域，别屏气啦！

来，你可以呼吸、喷水、肆意游玩，因为你本身就属于大海。

爱是没有条件可谈的

我的猫猫小满回家后的第二年冬天,是一个特别冷的冬天,它学会了钻被窝。

每天早上,它都会过来用头蹭我的头,我就把被子掀起一点,它慢悠悠地走进被窝搭成的"小山洞",调整一个舒服的姿势,很快被窝里就会响起发动机般的声响。这是它散发出的信赖和舒适感,我们懒懒地贴在一起睡一个回笼觉,就这样默契地度过一整个冬天。

出了这个被窝,我们又会恢复成痴情人类和冷漠小猫的组合。

它不饿也不困的时候,如果我把手放在它身上超过十秒,我就会吃一套"猫猫拳"和假性啃咬,随即它一溜烟地跑走,只留下几撮毛从半空中飘落。

这就是我的猫,只在乎自己需求的猫。

但我喜欢它这样的秉性。

两年前,我决定养一只小猫。最初的设想是领养一只小奶猫,可以相互陪伴着一起长大。

网上有很多关于猫咪的论坛,常有人发布小猫领养的信息。输入关键词"杭州""领养",按最新排序,就可以看到最近可以被领养的小猫。那段时间,我每天睡前都会逛一遍论坛,在脑袋里构建起一幅地图:各个区有哪些小猫正在等待领养,看起来特别可爱的那几只具体是什么情况。现在想来,那些算得上可爱的猫咪被我记住了,那么不可爱的呢?轻轻松松就被头脑滤网滤掉了。

等待被领养的猫咪不同于已有稳定家庭的宠物猫。那些已有稳定家庭的猫咪是家里地位尚高的家庭成员,可以在家里跋扈地走来走去,吃着精心配置的猫饭,在人类的身上踩奶。等待被领养的小猫,根据外貌、年龄、性格被划分成不同等级。有的是家养小猫偷跑出去回来之后生下的小猫;有的是"流浪一代"生下的"流浪二代",甚至"流浪三代",往往是橘猫、玳瑁、三花、狸猫;有的是被弃养的品种猫,主人因为换城市工作、对猫毛过敏、家里不让养等理由,无法继续养它们。

被弃养的猫咪,在外面流浪一段时间后,就会变成"流浪一代"。

如此周而复始,总是有猫咪出生,总是有猫咪流浪,直到它们逐渐适应外部环境,游刃有余地穿梭在灌木丛和地下室之间。这并不归功于人类放归其自由,它们毫无自由可言,在城市流浪的猫咪永远都不是自由的动物,而是乞食者。

即便是流浪了好几年的猫咪,可以娴熟地游走于城市的夹缝里,看起来很惬意,但在城市里它们几乎无法狩猎到任何满足生存需求的食物。

人类需要享受动物的陪伴时,它们是价值昂贵的品种猫。人类觉得它们带来的负担大于享受时,不需要任何理由,就可以决定它们的命运。

小满就是这样一只被丢弃的小猫。

小满是一只蓝猫，被丢弃的时候大约六个月大。发帖人是某个小区的好心人，在快递驿站遇到了这只被丢弃的蓝猫，快递驿站不能长期养它，如果主人不来寻找它，它会变成"流浪一代"。照片上的小猫，通体蓝灰，脸圆滚滚的，戴着红色的项圈，皱着眉头，看起来很不高兴，眼神里透着警惕。我立刻联系发帖人，把自己的相关情况都发了过去。

周末，我们见到了小猫。圆滚滚的脸蛋和它的身形完全不匹配，好瘦好瘦的小猫，摸一下它的身体，毛就像直接长在骨架上，没有肉。眼睛瞪得很大很圆，比照片上更可爱。

小猫一直叫着往回走，它很紧张，对我们充满了警惕。我们用一根小猫条，半哄半推地让它进了航空箱。

回家的路上，它不再喵喵叫，而是睁大了眼睛透过航空箱往外看。它不知道接下来会发生什么，从一个地方到另一个地方又意味着什么。它第一次见到我们的时候，心里想的是什么？是不是对我们还满意呢？我不会知道的。

但后来的每一天，我都只想多爱它一点，再多一点，好让它知道它再也不会在外面流浪饿肚子了。我钟情于《千与千寻》里千寻重新获得名字的那个时刻，但我永远不会知道小猫从前叫什么名字。不过它会有一个新的名字，开始一段新的"猫生"。

带它回家这一天是5月21日，小满。于是，它就叫小满。

养一只动物朋友在身边，就代表着我们向它索取从生到死的陪伴。对一个生命体而言，这是很大很重要的承诺。然而，这种承诺并不是我们的动物朋友本身做出的，而是人类决定的——显然这是一种独断。

当时我们家还有一只处在老年期的仓鼠，它用自己的一生，陪我们走过了近三年的时光。那段时间，是我毕业后最低落、最疲惫的时候，每天都感觉被抽干了精力和脑力，回到家的只是一副空空的躯壳。

我一放下包，就摊在三十多平方米小公寓的地板上，去看笼子里的仓鼠。

它叫97,是一只罗伯罗夫斯基仓鼠。只需要三十块,就可以从商店里把它带回家。在所有仓鼠品种中,这是一种相对好动的仓鼠品种。不睡觉的时候,它在自己小小的笼子里忙忙碌碌,喝水、吃瓜子、拉屎、爬笼子、刨坑。笼子里有很多木屑,它遵循着本能在角落里刨开木屑,试图打造一个新的鼠窝,当然,笼子并不会被它打穿。它的寿命最长三年,日日忙碌,日日徒劳。

在它睡觉的时候,只需要敲一敲笼子,它就会睡眼惺忪地从某个角落里爬出来。如果它会说话,它大概在说:"刚睡醒,有事吗?"

那时候回到家,我只要看到它,就会觉得属于自己的心回来了一点点。我每天都会把它放出来,捧在手心看看,轻轻地摸一摸。我的手对它来说也许和笼子并无区别,但它活着。它这么小,大约只有我的小指一般身量,但它也有权利好好活着。

我不知道这算不算得上一种代偿,在自己无法好好吃饭、好好睡觉的日子里,我觉得自己活得并不好,但我的世界里有这么一个小家伙,我可以尽力让它过得好一点。我不要求它亲近我,也不要求它完全信任我,我也没有资格要求另一个生命做什么。只要它活着,对我来说就是很了不起的事情。

97活到老年,长了一个指甲盖大小的肿瘤。宠物医院的医生说,切除的费用是一千多元,会打麻药,也可以不切除,因为97已经老了,也许过不了多久就会过世。

我们仍然需要"独断"97是否要做手术。是的,这就是独断,无法过问它的意愿,仅凭我们的意志做决定。

医生说,也许做完手术它能陪你们久一点,但仓鼠的寿命总体也就这么长了。

最后,我们还是决定去尝试那个能让97陪我们久一点的选项,做手术。做完手术后的97,绑着蝴蝶结一样的绷带,像穿了一条白色的裙子。麻药过后,它可能会疼,有多疼呢?我不知道。

它走了几年后,我因为补牙,打了人生第一次麻药,麻药劲儿过了之后,我深刻感觉到自己口腔和下巴的疼痛。那时我就想到了97,对它来说,那可是个开膛破肚的手术呢!我稍微能想象一点它的疼痛了。

手术后,97住进了一个更小的笼子里休养,防止过度爬动而拉扯伤口。它还需要每天吃药,直到伤口恢复。我们看着97的伤口一点一点长好,粉色的肚皮恢复平滑,白色的毛毛也长了出来。回到大笼子之后,97和以前一样生龙活虎。

那时候小满已经来了,它对97发出的各种动静都很好奇。被培育出来的97应该没有见过猫咪,作为宠物的小满或许也没有见过仓鼠吧!在故事和现实里,老鼠都怕猫,但在我们家,情况似乎是小满不敢过分靠近97。

每天,小满睡醒之后的第一件事情,就是去97的笼子前看它,97自顾自地在笼子里窜来窜去或者睡觉。小满看得没劲了,就又去睡觉。我看着它们两个"相敬如宾"的互动,产生了很多很多疑问。它们以前见过其他的动物吗?它们会产生类似于人类友谊的情感吗?它们之间可以相互对话吗？如果它们对话，每天都会说什么呢？它们知道自己祖上是死对头吗？它们会有那种原始的猫和老鼠的对抗性吗？……

如果我家有一个上帝视角，那应该是猫看鼠、我看猫和鼠、我男友看我和猫和鼠。

97恢复好之后的很长一段时间里，我们开的玩笑都是："97的身价涨了一千块呢！"小满绝育和打完疫苗之后，身价超过了97的身价。

过了半年，我们对97面对的小小死亡放松了警惕。

97来到家里，是一个冬天。在它来家里的第三个冬天的某个晚上，小满一直蹲坐在97的笼子前，和往常不一样的氛围从那个笼子和小满时不时看向我们的眼神里漫延出来。那是一种异样的安静。

我立马来到笼子边上，不敢打开笼子门，敲了敲笼子，没有回应。

打开笼子门，97把自己埋在木屑里，像平时睡觉寻找安全感那样。

97死了。

宠物仓鼠从出生，到生命最后的手术，都在被独断，唯有死亡是一种自然。

我为纪念97写了一篇文章，写道：

> 我们是在2020年的1月1日，把97接回家的。就差二十八天，它就陪伴我们整整三年了。它刚来到家的时候，我们总是抓它出来看看，这只吃吃睡睡的小仓鼠又胖了多少，四个小脚丫都要支撑不住它圆滚滚的身体了。有几次看它抬头喝水，因为重心不稳滚到一边去，真是可爱极了。
>
> 这三年，它这样小的身体，却像神药一样，治愈了我好多好多次。每次心情不好，看到它刚刚睡醒，从角落里爬出来，扭着圆滚滚的身子找东西吃、找水喝，就觉得当下自己正在经历的，简直没有一样比吃饭、喝水更重要，更没有一样比观赏这可爱的小生灵更有趣。

这些都是"我们"。

又写道:

97,一只再平凡不过的小仓鼠,被人工培育出来,在商店里售卖,它大概没有什么喜怒哀乐,也意识不到自己毛茸茸的小身体有什么可爱的。

可就是那一天,它凑近闻了闻我,我就觉得命中注定般要带它回家。我不知道我们的喜爱和照顾,除了让它存活,对它来说是否有别的意义,但我是很感激97的,平凡的它和平凡的我,还有我平凡的恋人,我们被拴在一起三年。我们这三年稀疏平常的幸福都是在一起度过的。

搬家的时候,它会在笼子里好奇地看来看去。被吵醒的时候,它总是在笼子的走廊上跑来跑去。喂东西给它吃,它会滚进食物盆,把东西塞满嘴巴,有时候会自己剥瓜子吃。明明是好动不亲人的品种,却可以在手里乖乖地待很久……

多么不值一提的日常,每次想起来就觉得好幸福。

这些也是"我们"。

最后写道:

昨天,小满也在97的笼子边上蹲了很久,它可能比我们更早发现97的异常。小满大概也不知道死亡意味着什么,只是好奇那个活泼吵闹的小家伙,今天怎么这么安静。

恋人说,97去鼠鼠天堂了。

是的!97,我也相信鼠鼠天堂的存在,仍然在人间的我,要开心地怀念你这个可爱的毛茸茸的小懒惰虫。我们都会很想你!谢谢你来过!谢谢你的陪伴!

直到最后,还是"我们"。

我们一厢情愿地相信97的小小死亡没有太多痛苦，这是自我安慰。就连为它写纪念文章这一行为，也是为了让自己更久地记得97。直到最后，关于97自己，我们知道的还是太少太少。

那一天，"爱是常觉亏欠"这句话，有了不同的意义。

97是我养的第一个动物朋友，谢谢我心爱的小仓鼠曾经来过，然后教会我更多的爱。

97走后的一周，我都没有勇气去把它的笼子清走。每天，小满还是会准点去97的笼子前等它睡醒。好几天等不到小仓鼠后，小满也不再去了，我就把笼子清走了。这个拿在手里很轻的笼子，就是97这一生的全部空间。

有时候相册会自动推送过去的照片，看到97的照片，手心毛茸茸的触感还很清晰。

后来的两年里，小满跟着我们搬了两次家。绝育之后的小满，没有刚来时那么黏人了，变得很叛逆，只有在自己有需求的时候才会过来蹭一蹭我。有时候我出门旅行好几天没回家，一开门就听到它"破口大骂"，"喵喵喵"个没完没了。

　　网上有种说法是猫咪的性格会越来越像主人，我倒觉得，我要和小猫学的有很多很多。它只在乎自己高不高兴、饿不饿、想不想玩耍，不会考虑我。它会在我工作的时候，趴在我身边的沙发上睡觉，一定要和我待在一块儿，但不准我摸它，这是它的规矩，我要按照它的规矩来。它很不喜欢进航空箱，去洗澡前要抱在怀里一路走到宠物店。近来，它有些想要出门探险的意思，在楼道里跑几步，闻一闻，尽力而为，一害怕就火速回家。它会睡在床尾我的脚边，如果我不小心踢到它，那么整个晚上就要小心我的脚丫子了，它会来掏我的脚。它可记仇着呢，一笔一笔账都等着跟我算清楚。

　　但它只按照自己的性情过活，不会讨好任何人，我觉得这样好极了。

　　有时候，我看着它，会想到我们的生命进度条是非常不一样的。刚领养小满的时候，在它的年龄计时法中，它比我们年幼，但慢慢地，它就会比我们大，比我们老，直到走到我们前面去。我不知道它有没有被丢弃过的记忆，或者留下了什么创伤反应，和对待97一样，我对它心里的想法一无所知。

但因为爱是常觉亏欠，所以总想要对小满好一点，再好一点。

爱是没有条件可谈的——这就是我的动物朋友们教给我的一切。

你的太阳落到我的世界里来了

生活中非要两人完成的事并不多,定期给小猫剪指甲算是很重要的一件。

和你在一起之后,我常常感觉越来越习惯在陆地上行走了。从前我是一条只会游动的鱼,一开始找不到在陆地上生活的方式,每一次踩到地面,都会觉得疼痛。而现在,你看我熟稔地抱起小猫,让它四脚朝天地翻着肚皮躺在我的腿上,"颐指气使"地喊你拿猫条来。你用猫条哄着小猫,我才好给它清理指甲。

剪完指甲你对我说:"剩下的猫条你喂给它吃哦,不然它会记恨你。"

你总是这样,为我多想一步。即使是这么小的事情,在生活里看起来只是细小的缝隙,你也在这些缝隙里栽种苔藓,绿意盎然的缝隙里像自成了一个宇宙,容你施展爱人的才华。在一起的第九个年头,我还是会突然心动,在心里大喊：好爱你，好爱你啊！

我把这称为"你的才华"，是因为我不具备这样的能力，我所有的爱人的方式，都是对你的"东施效颦"。有时候我觉得是"视力"的问题，你好像能看到我看不到的爱意表达空间。每一次我独自旅行出发前，早上起来，我所有的电子设备都充满了电，你是什么时候做的这些事情呢？我对你说话，你总是默默听着，我自己都忘记了的话，你都会帮我记得，你的脑袋里有多少容量是为我储备的呢？翻看你的相册，会突然看到没有看到过的我自己，这张在看书，这张在工作，你在我视线没有投向你的时候，把视线投向了我，你会觉得不公平吗？我很爱看电视剧，于是你跟着我看了很多很多电视剧，在我看来，这也是我在霸占你的时间。

被你爱之前，我总是在问"爱不爱"。

"你爱我吗？"现在看来，这是一个很傻的问题，只要一问出口，无论怎么回答都难以满足。在我们的关系里，当我还没有足够的信心提出这个问题时，你就为我先想了一步。你很温柔，但策略激进，让我在爱里沉浸，无暇发问，只顾在其中享受就好。反应过来时，我的心里充满确定。如果不是出于对自我美好品格的表演，那就一定是天赋对吧？你拥有把一半的脑袋和心出借给爱人，为她多想一步的能力——极为珍贵的爱的能力。

我忍不住把你视作我在这个世界上的一种"表现"。而关于你本人的很多事情，我都感觉模棱两可。吃面条可以，吃面包也可以；出门玩可以，在家宅着也可以。你让我做决定，我会产生一种错觉：连你本身的某一部分也在由我决定。而每当在外旅行的时候，看到我不做决定的时候，你也能自如地生活。你是那么完美、那么好的一个例子，我从第三视角看我们两人时，看到你爱得深刻，又头脑清醒，我才知道，昏了头的是我。我的错觉，是跳进你爱意的兔子洞里昏了头才有的错觉。

我告诉过你无数次，我曾经很孤独。即使和你在一起，孤独还是远远地驻守着，它变换了一种形态出现在生活里。我时常控制不住对你索取更多，甚至病态到想要砍掉我们的腿,好让我们只能在沙发上,双臂环绕地抱着彼此,什么都不做,你的气息在身边就好。但我又担心自己侵占了你,我希望我可以对你公平一点。

但这太难了,对吗?两个人相爱的时候,谁又能是谁的裁判员呢?

我的天赋是表达,我只能多多地对你表达,多多地写信件给你,用能够留下痕迹的方式告诉你:遇到你之前,世界对我来说全是糟糕的事情。也许我现在说这样的话是不准确的,因为到目前为止,我人生三分之一的时间和你在一起,三分之一的时间记忆模糊,另外三分之一,充斥着自我欺骗的谎言和荒唐的蒙太奇。只是遇到你之后,一切都变得太好了。真的太好了,好到十年前的我如果知道我会这么好,一定会快乐很多,这样,在你遇到我的时候,我也会轻快很多。好到我希望一直这样沉溺在爱里,不要经历痛苦,不要经历分别。好到我知道,如果哪一天我们必须要分开,你也是那个给我力量在分开之后好好生活下去的人。我知道美好的时刻不总是长存,但只要美好发生过，就已经塑造了我的一部分。对我而言，这是最大程度的好了。只希望未来，我不要为此付出太大的代价。

尽管，写这封信的时候，我又独自旅行在外，发了一张隔着时差的夕阳给你。你说，我这里还没有日落呢，**好像你那边的太阳落到我的世界里来了。**

我看到消息，抬头看一轮红日落入海里。

时间仿佛为我们而存在，在这一刻，我放下我所有的悲观主义，愿意相信世界上没有任何事情可以把我们分开。

而你任意挥洒的爱意，都如此盛大

半夜被吵架声吵醒，爸爸要带我走，第二天是六一儿童节，还要去学校表演儿童节的课堂节目。衣服是新买的，小心穿戴好就要走了。那个提出离婚的晚上，要走到哪里呢？我不知道，但不会比以往任何一个提出离婚的夜晚更新鲜。路灯不会照亮视线以外的路，我还很矮很小，所能看到的就那么多。反应过来时，我又在家了。我不清楚他们在玩什么把戏。

我总是睡不踏实，不知道今晚需不需要醒过来配合这些游戏。醒着的时候也总是迷迷糊糊的，我的童年充斥着困倦，有时我甚至分不清那是做梦还是现实。

有一年冬天，雪下得很大，下雪的日子是屈指可数的爸爸会带我上学的日子。破旧的小车是手动挡的，不会踩一脚油门就走，陷在半化的雪地里总是熄火。爸爸一声声烦躁的叹息,像点燃的劣质香烟堵在车里,半刻就渍得都是酸味。

爸爸,请别说出那句话,请别说出那句话!

"你真麻烦。"爸爸还是说了这句话。

每一个周一我都要在房门口要我的零花钱,而每一次都伴随着这句话。

就像超市买一送一送的那瓶洗发水,使用过后头发像鸟窝,从此觉得洗发水广告都是谎话。

我儿时的梦里除了不分虚幻和现实的被带走的记忆,还忙着生长爱,但同时增生的还有试探、要挟、疏离、恐惧。在梦里,我一遍一遍地对自己重述这句话:你真麻烦。这是我对亲密关系最初的、最深刻的感受。

如果这就是爱,那么我很早就领悟到:爱是一场灾难。

八年前,我在从操场散心回来的路上见到你。

那时我们相恋已有几个月,美好的自我表现已经告一段落,我想让你清清楚楚地看到我,看到我的歇斯底里。

比起试探，这更像是急于撇清自己"被爱"的责任，因为我已经预设"我不该被爱，爱我的人都会后悔爱我"。

你着急得像在找一只走失的小猫。看到我，却担心我再次逃走而不敢接近。

我看着你，我想知道你的担心里有没有抱怨和烦躁。

说出那句话吧，说出那句话吧。"你真麻烦。"你心里一定这样想吧。我不忍心对自己表达厌弃，所以我期待所有爱过我的人表达，以满足我内心深处对爱是一场灾难的定义，以便提醒我：离爱远一点。

可你抬头看我，流露出的只有担心，还有因为害怕"你的担心成为我的负担"而产生的更多的担心。我哭起来。

那个时候我就很想知道，**为什么有的人随意挥洒的爱意都如此盛大？**

我明明想这样问，真诚而虚心地问，却叛逆地说要分手。原谅我从未学习到其他求爱的方式，我只深谙这一种：深陷自毁的求爱。

这样你就会自己离开了，知难而退，就像别人做的那样。

没人可以忍受我故意放大的歇斯底里,你看,搞不好这才是真的我,一个麻烦。

而你只是走到我身边,说:"我不要。"

你是果冻吗?无论我怎么撞击你,你都会把我包裹起来,再轻轻放回原处。

那个时刻很需要我说出这些话,我要说:

我感觉我已经在爱你了,但我是一个悲观主义者,一旦陷入爱,同时也会陷入失去爱的伤心里。爱开始于一想到要分别就会鼻酸的症状。每一次放假告别,你把我送到入站口,我每一次回头都看到你在沿着我的视线变动位置,以便你看到我时,我也能看到你,直到我们彼此看不见。你不知道,那种送别像是一种争夺,你的爱和原生家庭增生的试探、要挟、疏离、恐惧之间的争夺。告别后我会回家,好像突然梦醒,提醒我:你看无论你被谁爱,你都要回家。

只是几年后我才意识到这是一种争夺,而彼时我也只能跑开去,决绝得像是在说:你让我走吧,让我只配这样爱意贫瘠地活着吧。

我下楼不再看到你,就不想再下楼,直到我可以装作什么都没发生,习惯另一个人消失在我的生活中。我很熟练地这样做了。然而你还是出现了,我坐在宿舍那张嘎吱作响的椅子上,感觉我的世界倾倒在你的世界里。

"我感觉可以给你一切,而无须出卖我自己。"

并没有那么容易,但好在一生足够长。八年来,我们之间的聊天记录有了近万条的"我爱你"。

和你相爱,我发现心痛不是一种比喻,而是一种实感的描述。

我发现爱在每次被说出口的时候都在变更其意义。而在没有自我之前,爱是一种掠夺,是自我献祭。说是献祭,我却从未在里面缺失过自己,我更完整了。自我暴露成为一种诚实,我告诉你我对于一切事物的感受和看法,得到的从未是为了显露自我而做出的评判,而是另一种诚实的感受。这是对我的诚实的最大嘉奖。

我发现我们总是习惯把一切都混为一谈，感谢和愧疚混为一谈，共同承担的勇气和亏欠混为一谈。混为一谈的同时，又把个体的独立和对彼此的需要完全拆离，似乎我是独立的人，我就不应该需要任何人。

我发现我的"爱"长大了，大到少时增生的试探、要挟、疏离、恐惧所携带的微弱毒性成了一种药理般的毒性。我变成了另一个果冻，不同口味的那种。

我发现我的自卑、软弱、偏激，在被抚平。你经常这样做，抱着我，在我的后背上轻轻地拍着，说"没事的，没事的"，我好像真的没事了。

这时候，我再抬头看你，无论过去多少年，我都会发出这样的惊叹：为什么有的人随意挥洒的爱意都如此盛大？

我们在一起的第八年的一个傍晚，我在路口等你下班一起去菜市场。我好像忘记了从前你是怎么出现在我视线里的，于是，我怀着一种重新认识的喜悦，等待你。

你出现了，背后是夕阳，在拥挤的步行道里，我的世界开口，伸出章鱼触手，把你融进我的空间里。

原来是这种感觉:你是只为我而照的光。

我知道过,知道过无数次,那天又知道了一次。

而从你的角度,就是另一个故事了。

第二次去重庆,是在我们恋爱的第七年末。比起我每天都在萌发的心血来潮的提议,你很少提出建议。而这一次,你建议我们马上出发去重庆过周末。

我很兴奋,不仅因为我们都很喜欢重庆,喜欢吃火锅,还因为在这样突如其来的安排之下,无法做周密的计划,会出现很多随机事件。我们在出租车上看到一个坠落在城市边缘的橙色落日,于是匆匆下车,跑到江边看夕阳——我们一起看过的夕阳,比小王子看过的日出还多。也是在随机性的支配下,我们喜滋滋地面对无处可去的现实,坐在重庆的马路牙子上看着车流往来消磨时间。

这样两个人,总是傻乎乎的。

你侧头看我,像镜子里装着另一个镜子形成的空间叠加的画面。

我猜想你在回忆，回忆过去和现在的我们身处同一个地方，更迭了无数次的两个人，在无数次更迭中重新相爱。我是你的勇气补给，是自然派往你身边枝繁叶茂的人形植物。

旅行结束，我们风尘仆仆地回到杭州，看到你神秘的信件，看到你掏出的戒指。在一个又特别又日常的拥抱里，我说：好的。

我是说：继续相爱，好的。

像一个最勇敢的航海家那样。以前如此，以后如此。

我的姐姐,就是没有姐姐的人

我签下这本书的合同时,打电话给了姐姐。

"姐姐,姐姐。"

刚喊了两声姐姐,就大哭起来。

姐姐是"我们"的另一个当事人。我们共享一个房间,直到姐姐结婚。

初中时,我常常写东西写到半夜,姐姐会问我:"你睡不睡啦?"我心虚地盖上作业本,同时盖上夹在作业本里的小本子,说:"马上好了,马上好了。"

然后蹑手蹑脚地爬到床上。

她在被子里嘟囔一声:"你作业可真多呀!"

我写完人生第一个小故事,神秘兮兮地关上房门,对姐姐说:"我写了一篇小说。"

我眼睛瞪得大大的,期待她接茬。她说:"那你现在要给我看看吗?"

我从背后拿出前段时间藏在作业本里的小本子给她看。她翻看的时候,我就从书桌边坐到床上,偷偷看她的表情,再坐回书桌边。

她看完说:"不错!你要去投稿吗?"

姐姐是一个资深言情小说阅读者,得到她的认可,我很荣幸。

"我就是随便写写!"然后,越写越勤快。姐姐以为我的作业越来越多了。

姐姐,姐姐。

我无法想象没有姐姐的生活是怎样的。如果没有过这种亲密,要如何打开自己,容许亲密进入自己的生活呢?

她会把马尾扎得高高的,长长的马尾甩动起来,弧度很大,像在跳舞。我上初中的时候总是模仿。在我的印象里,开始记得姐姐的时候,就是姐姐上初中的模样。因此,初中时的我总觉得自己很成熟,因为我终于可以模仿姐姐最初留在我脑海里的样子了。

姐姐上初中的时候住校,每个周一她都要起得很早,乘坐大巴车去学校。往后我会有一个礼拜见不到姐姐。我趴在我们房间的小窗口上,看着她走到屋前,背着包在晨光里坐上校车,我会开始想她,直到校车开走了,我轻轻地对着窗户说:"**姐姐,我好想你呀**。"就这样轻轻地对自己说一个礼拜。

　　等到姐姐回家过周末,我们就一起在电视机前看《青苹果乐园》,看到接吻的镜头,姐姐就派我去小卖部买零食。回来的时候,已经是"广告之后,精彩继续"了。

　　姐姐太受欢迎了,她温柔又漂亮,而我是那个又黑又瘦的小妹妹。有一阵子,我对一切都很不满。我不知道我到底是嫉妒她受欢迎,还是嫉妒和她玩的人。我不满她总是不带我出门玩,却还要我帮她拿东西;我不满她把零食藏起来;我不满她身边出现一些我没听她讲过的新朋友,也不满她说的事情我老是听不懂。

　　有一天,我被喊了好几次拿东西,那时候我早就学会顶嘴了——顶嘴也是中文语言天赋的一种,我很早学会,不足为奇。

"我又不是你的丫鬟!你老是使唤我!"

那是我第一次这样对姐姐说话,也是最后一次。

姐姐看了我一眼,自己站起来拿东西。我更生气了。她怎么可以自己做这些事情?为她做这些事情是我的特权!第二天,我就开始主动给她拿这个拿那个。**那之后,我不再抵抗,被姐姐使唤,是每一个妹妹的宿命。**

我喜欢听姐姐说:"这是我妹。"世界上只有一个人会让她这样说。宣誓主权的话语不需要从我的嘴巴里说出来,只要听到姐姐说出来,我就知道这是我的特权。

做姐姐的人,会知道妹妹迫切地想要追逐在她身边的心情吗?

喜欢穿她不想再穿的衣服,喜欢看她打扮自己,然后听她问我:"是穿这件好看,还是穿那件好看?"喜欢模仿她走路的姿势,喜欢偷偷用她的护肤品。我太喜欢我的姐姐了,以至于很长一段时间,我都想成为翻版的她。但同时,也因为太想成为她而不得,我成了走向她反面的人。

姐姐接到我的电话,听到我在电话这头大哭,就接连追问我:"怎么了呀,怎么了呀?"

我边笑边哭地说:"我刚刚签了出书的合同!"

我听到姐姐和她的孩子登登在电话那头一起笑起来。

"恭喜你!你吓死我们了!登登刚刚都不敢出声,以为你出事了!"

打完电话一会儿,姐姐发来一条信息。

"恭喜你,你总是知道自己要什么,而我不知道。"

我要怎么形容,才可以说清楚我们之前透过这句话所粘连在一起的情感呢?姐姐是这个世界上最为我高兴的人,我对此毫不怀疑。我过度的幸福会刺痛她吗?她在感受着这种刺痛然后祝福我吗?我该安慰她吗?

我有资格这样做吗?

我上大学之后,我们大约维持着一个月见一次的频率。我们约好同一个时间回家,无论发生什么,都会有两个人的时间，经常是她开着车，我们一边聊天一边前行。我们分享近来各自生活中发生的事情。

工作了，找了什么样的工作。离职了，接着又准备做什么。恋爱了，最近的感情怎么样。

我处在一个动荡的阶段，世界观和感情观在飞速裂变、生长。我们在一起的时间总是很少，少到需要挑挑拣拣地说最重要的部分，好像每时每刻都希望补足我们没有参与彼此生命的时刻。

而姐姐，处于一个缓慢流动的阶段，我经常迫切地想要更了解她所说的话，但由于我们已经在不同的方向上太久太久了，我的迫切似乎需要她解释太多。

姐姐常常会握着方向盘说："我们真的是很不一样的人。我们做出了完全不一样的选择。但如果同样的选择放在我面前，我还是会这样选。"

姐姐还会说："我希望你可以一直做你想做的事情。"

姐姐不需要我安慰她，安慰是一种高位者的姿态，因为她比我更清楚我们都在为自己的生活付出不一样的代价。

我想起我们共享一个房间的历程,从挤在一张床上,到两个人睡在两张床上,逐渐把床靠在一起。冬天的时候,她会等我睡到床上了,再进被窝,因为我年纪小,身子总是很暖和,她在等我给她暖被窝。姐姐会买最新款的手机——她总是很时髦——主打音乐播放的翻盖手机上市后,我们就开始用有线耳机一起听歌。手机放在两张床的夹缝中,我们一人一根耳机线。

长大之后,我才意识到歌单是一种多么私密的东西。那时候,我已经开始追星,痴迷于听偶像的歌。但在那些夜晚,我心甘情愿地把自己的头放在离姐姐更近的地方,听着她的歌单,进入她的世界。好像从来如此,我们的一个耳朵永远在听属于我们两个人的歌,从过去的家庭、同样的襁褓、共同的底色里生长出来的同一副耳机里的歌,而另一个耳朵听着仅仅属于我们一个人的生活。

没有姐姐的生活是怎样的呢?被原生家庭伤害的时候,她能够找谁寻求同等的慰藉?需要逃离家庭的时候,又有谁为她望风,成为那个说服家长的人?那些私密的、无法对他人启齿的问题,该对谁发问呢?

我说的话,好像有点傻。**因为我的姐姐,就是没有姐姐的人。**

姐姐到现在还是很漂亮,尽管她自己有很严重的容貌焦虑。我发自内心地爱她涌现的温柔,庞大的温柔。有时,我们一起出门,也许是我的眼睛里已经不再流淌她那样天真美好又通达的温柔,别人会错认我们两个。

会把妹妹认成姐姐,把姐姐认成妹妹。

姐姐会为此高兴,并且打趣地说:"看来我看起来还是很年轻嘛!"

而在我的内心深处,常常希望自己既是姐姐的妹妹,又无限接近于姐姐的姐姐,以便在她需要我的时候,我可以更有力量地帮助她。

就像她一直以来为我做的那样。

姐姐

我身体里属于妈妈的一部分

"你要好好照顾自己哦,我想你哦。"妈妈会在电话里说。

"嗯。"我不知道该说什么,于是电话结束了。

危机解除,可以放松了。

每一通电话结束之后,愧疚感都会接管我的心情一段时间,直到我强制自己遗忘我处理母女关系的糟糕方式。

听过我和妈妈打电话的人,都会惊讶于我的冷漠,我知道这种异样一直存在。我熟悉那种接完电话周遭的人陷入沉默的气氛。

在北京的时候,我问果果:"你也能感受到我接妈妈电话的时候像变了一个人吧?"

那个时候她正在收拾过去写的日记准备拿给我看,她头也不抬地说:"是的,很强的防备和随时准备攻击的状态。"

果果无所谓的态度，在很长一段时间里都让我很感到安慰。

讲述，让我重现痛苦，也让我短暂解脱。可能会让很多人失望的是，直到现在，我都因此而困惑和挫败。

在原生家庭里，我有一套狭隘的生存法则：保护好自己。

二十几年间，从未改变，因为每一次改变就是一次自我伤害。这套体系深深扎根于我的生命中。当我很多次书写这件事情的时候，我都无法分清自己是仍然恐惧伤害，还是遵从一种惯性在这段关系里得过且过。

每一次打电话和见面，我都调动出自己的防御机制，因为我无法回应妈妈的情绪，也不能容忍自己的边界被侵蚀。我只能防备、攻击。我也不敢接受妈妈的好意，我自私地安慰自己"如果她想给，就让她给"，却不敢对本该说谢谢的事情说谢谢，好像一旦说出口，亏欠就形成了。最重要的是，我不相信妈妈。在过去的每一个我真的需要帮助的时刻，我都没有得到帮助。

而很多次被这样的"舍不得""牵挂"吸引回家里,却发现实际上,这种情绪比谎言更虚假:妈妈在渴望虚假的关系——一种在我们之间完全不可能产生的关系。

妈妈并没有意识到她在渴望虚假,而是在每一次我回家之后,发现回来的女儿并不是她想念的"那个女儿"。

然后,开始生气、崩溃。

她会说:"没看到你就想念,看到你就生气。"

她会说:"你现在不好,你小时候很乖很可爱。"

她会说:"妈妈爱你,但妈妈不喜欢你那些想法。"

爱是一种需求吗?对我来说是的。

爱是一种给予吗?对妈妈来说是的。

她给的,从来不是我要的。

那我给的呢?对不起,我给不出任何东西。但我说出这句话的时候为什么这么理直气壮呢?是因为我是被动来到这个世界上的吗?我可以以此为由逃避自己的付出吗?

当两个人对彼此失望之后,甚至连再见都不会体面地说,就再次分开,再一次重蹈覆辙。几年如一日地想象、重聚、失望。我看着我们的感情在这种虚假的想象中筑起高墙。我猜想,妈妈还沉浸在这种想象里,或者其中某几次的确带有真实的成分,但我已经无法回应了。

这两年,我总觉得我本人接受了对于自身的这部分的爱和掌管,这种感觉就像是我自己接手成为自己的母亲了,起初,那种独占我自己的感受是非常有力的。我觉得自己有一部分仍然爱妈妈,或者期待自己可以爱上她,但很难。

或者是目前我不需要走出这一步,我在我的安全区里。

这是我自身的问题,我继承了妈妈的一部分秉性。

现在,如果我说"我努力过",听起来都像是一种狡辩。

十几年间,我们有过一次认真的沟通。她对我道歉,为我小时候遭受的语言和身体的暴力。那通电话的一半时间,我们都在听着对方哭泣的声音而哭泣。

关系出现转机之后会是什么?

是重新相爱吗?

那时候我刚刚看完《妈妈走后》①,我担心我们要等其中一个人离开,才能够回忆起如何爱对方。

于是我们有了第一次香港旅行。长久没有在一起生活,好像两个陌生人,我们蜗居在一个房间两张小小的床上。一切都在按照微小的尺度浓缩在这间房间和小小的城市里。我们的生活方式太不一样了,当我们在一起时,甚至比陌生人还生疏,缺乏对彼此的礼貌。直到我知道她脚趾受伤了,却不去看医生,到了之后只能在酒店待着,扫兴不已。我很愤怒,好像我在努力建造,而她在无意地拆毁。

她也许是太期待了,这个念头从我的脑海里一闪而过,却被我狠狠压制了。

我像过去的她一样,努力痛恨这种拆毁,就像她说出:"我为你做了这么多,你就这样回报我吗?"

这样一来,一切就简单得多了,我只需要责怪她,反问她"为什么不早点说"就可以了。太简单了。

---

①《妈妈走后》:一本书写母亲的悼念之书,作者是美国的米歇尔·佐纳。

但真正的痛苦在那个"简单"的瞬间将我浇透：

最后，我还是变成了妈妈。

我哭起来。

妈妈说："你不要哭了，如果你生气你就打妈妈吧。"

我的哭泣在震惊和错愕里停止了一秒，然后更为崩溃。

我看到了，我看到我们血脉相连。

这个时刻足够痛苦，可无论如何，我都不想变成你啊。

而你什么都不知道，什么都不知道。

那天晚上，我们都没有睡着，我爬起来抱了妈妈，我不知道自己为什么这样做，当时我以为是出于愧疚，但现在想起来，那更像是一种与过去告别的仪式。妈妈会裸睡，我的肉体接触到她的肉体有一种古怪的熟悉，我们曾经共处于一个身体里，我们的肉体好像原始地相互呼应着。

那之后，防御机制加强了。

与此同时，这成了一个不再急于被解决的问题，而是一个属于我的永恒的命题。我理解妈妈做的一切都源于曾经她被对待的方式，只是，我的身体里也有很多受伤的女孩。我的眼眶流出的是她们的眼泪，我的心被她们捶打以至于疲惫。她可以刺穿13岁的我，却无法刺穿27岁的我，可我还是在流淌着血液，是因为那个13岁的我从未愈合。

原谅我说出这句话：我仍然渴望报复。

但我已经永远地失去了报复的机会，因为眼前这个灰白头发的女人不是我报复的对象。我清清楚楚地看到我在这种彼此伤害的惯性里，像被钳住了手脚停滞着。

直到我写下这一切的时候，这种停滞还在继续。

因为这从来不是妈妈的问题，而是：

我如何面对自己身上属于妈妈的这部分。

带着仇恨但又渴望融合。

从个体的社会性来说，人可以有很多个原生家庭。我是不是真的那么需要这段出于引导彼此表演的关系？未必。我知道在内心深处，自己仍然期待我们重新相爱，但不够有力量的人，只能谨慎地品尝痛苦。我该怎么办？我能怎么办？我对于这世界的理解从未告诉我该如何化解永远无解的仇恨。我们太过于相像,以至于我们都在自己认定的生活中一意孤行,谁都无法说服对方。

2024年春节之前,我在这种停滞里经历了一场流行感冒。

明明很难受,却有些庆幸找到了非常正当的不回家的理由。尽管并没有在上班,却还是拖到最后,才准备搭朋友的顺风车回家。还没回家,就已经想好了大年初三或者初四就回杭州。

计划完一切,就接到了奶奶的电话,奶奶说,很想我。

那天晚上,大半个晚上都没有睡着。因为,我也很想家。

想家却不想回家,听起来像一句傻话。

高中有一小段时间住宿舍。我的床头朝着阳台,月光就直直地照着我。那个时候我也想家,可是,从那个时候起,家就是一个很模糊的概念,周末回家并不能疏解我的思念。一到家,就又想回学校了。

关于我想的那个家的素材一直以来都很匮乏。在我还是小孩子的时候，大年初一，爷爷奶奶会在门下压开门红包，我一定是那个最早起床拿红包的人。拿下门闩，推开老屋的木门，看到一个红纸包，就可以安心放到枕头底下"压岁"了。有一年不小心睡过头，没起来拿开门红包，眼泪都要落下来了，而在大年初一这一天哭被看到是要挨头板的，奶奶就塞了一个到我手里，说她第一个起床帮我拿了。

即使家里的矛盾一直都在，大家也都会笑起来。

我想的就是这个家。我们可以忘却前嫌，聚在一起，吃饭、说笑。节日的力量，在我们这样的家庭里，彰显了非同一般的魔力，没人会戳破它。我很怀念，原来当时以为很差劲的关系，放在现在也是值得怀念的。我怀念，更因为意识到魔力的失效，意识到我们的家庭所面对的问题，已经不是聚在一起吃个饭就能抛在脑后的问题。

想念总是伴随着亏欠和愧疚，每次回家都会发现奶奶又瘦小了很多。但不知道从什么时候起，想逃离的欲望硬生生地掩盖了这种愧疚。当我怀着想念、愧疚、亏欠回家的时候，就会发现这是一个分开吃饭的家；看到奶奶在中间不断调停却无果的时候，发现这是一个争吵一触即发的家。

我痛苦地击打自己的心：为什么要回来，你明明知道会这样。

但即使一切重现，我也没有那样美好温暖的眼睛了。在我眼前发生的不是一个家庭的问题，而是一类家庭的系统性问题。贫困的、无知的、男权的、脆弱的……根源在于，不可说。既无法孤立解决，也无法让每个人都醒过来看到自己的真实处境然后做出改变。无知是麻醉剂，他们需要无知。

看到这一切，最艰难的部分是，我无法阻止自己去联想作为上一辈的妈妈所面临的更艰难的成长环境，理解妈妈曾经的焦虑和愤怒是一种迁移，无法阻止自己去比较，如果是我呢？

如果我在妈妈成长的环境中生长，我真的可以成为比妈妈更好的人吗？

我可以让自己避免走向麻木和暴力吗?

我对于这个家的想象和逃离,难道不就是因为我也在渴望虚假吗?

我不知道。

我是一个彻底的逃离者,逃离者是最没有资格指责的人。我这个可鄙的逃离者说的这些就好像能让自己的逃离显得不那么丑恶。回家的过程,就像把从这个世界获得的勇气和能量丢进原生家庭重新试炼,而每一次我都发现自己仍然虚弱,仍然无计可施。

我逃离的从来就不是争执,而是我自己的虚弱。

我面对的从来就不是妈妈的问题,而是我继承的这一份妈妈该如何让我自处的问题。

我27岁了,来到这个世界上大约10000天了。我时常大笑着说我可以吃掉所有困难,我可以克服一切阻碍,我可以创造一切我想要的东西。我怀有对于未知的好奇和野心,但面对原生家庭,我永远可以看到自己的匮乏。我还是那么虚弱,那么缺乏爱意,那么无法包容,甚至都不够坦诚和努力。

20000天的时候呢？我会变得更强吗？我不知道。

对我而言，这是一个永恒的命题。现在，我还停滞着，并且努力宽恕自己的停滞。

写完这篇文章的时候，我走出咖啡店。

我已经半个月没有和妈妈联系了，在此之前的最后一次联系，我强硬地划清界限，告诉她："妈妈，你得知道，这是我的事情。"没说出口的是："你不会为我兜底，所以你没资格帮我做决定。"

我拨通妈妈的电话，她听起来像刚刚睡醒，没有说起之前的话题，也没有提起上一次的不愉快。她说了很多家里的事情："地里长了一颗草莓，黄瓜也长了一些，如果你这周回家的话就能吃上。"

"好的。我这周回来。"

"你外甥现在很忙，又要来看外婆，又要去上补习班。"

"嗯，现在小学生都很忙的。"

"是的，被需要就会忙，不被需要就没事做了呀。"她说完笑起来，空气静止了。

我想起在外聊起家庭时，我都是那个因为久久不发言而被问及的人。

上一次被问及，我轻描淡写地说："关系不好，但在努力。"

只见过一次的朋友重重地看了我一眼，说："能明白，人老了才会爱，并不值得同情。"

"不是这样的。"我脱口而出地反驳，那一刻我突然很清楚，虽然一直以来我不知道自己要的是怎样的关系，但我要的不是决绝果断的冷漠。

"我还想爱。"最后我说道。

话题终止了。但我心中的对话开始了：我还想爱。我还想爱吗？直到今天，彼此累积了无数伤痕之后，我还能爱吗？

挂了电话，关于妈妈的日常在我的心里堆叠了一点点。

这个电话里,没有对抗、争吵、自我证明、彼此要求,只是想要努力看到对方现在的生活。我叹了口气。如果这就是通向结局的必经道路,那我承认:

我还想爱。只有爱才能把我们重新联系在一起。

Chapter 4
去到无法想象的世界

去到无法想象的世界

我对世界之大的最初感受并不是赞美和惊叹,而是迷茫。

我从小在江南长大,并不是所有的江南都是"小桥流水人家"的温婉。我生活的小镇城镇化很早,在寻求经济发展的同时,古朴的痕迹逐渐被抹去,新的建筑接连矗立。但季风的轨迹尚存,四季更迭之间,仍然能够通过物候感知到江南的气息。

直至高中,我都没有离开过小镇。我知道哪一条街的店铺售卖两元一件的小商品,哪一条弄堂有卖牛肉粉丝的小摊。我熟悉四月穿的纯棉长袖灌满春风的体感和汗湿后的摩挲感,熟悉梅雨天衣物晒不利落散发出的潮湿气味。夏日雷雨时,走在破旧的小镇街道上,稍不注意就会踩到松动的石块,迸起的污水溅满裤脚。要是连日下雨,铁路轨道下的桥洞便会蓄满水,走不了人,要等到陈旧的下水系统工作完毕才可通行。等待期间，我一个人步行走过小镇的许多角落，身量越小的人，能进入的地方越多。趁着江南的雨水天气，我在小镇的不同角落留下湿漉漉的脚印。

那些我用脚步丈量过的地方，就是我的全世界。

高中地理是最让我沮丧的课程，无论我抓耳挠腮地背多少遍答案，始终无法及格。因为我无法想象地理书上的内容。

我无法想象喀纳斯有万年冰川，无法想象雪山终年有融化的冰雪滋养山谷，无法想象有人可以接近岩浆翻涌的火山，无法想象土地居然可以空置，不用来盖房子和种庄稼。

我们真的只是生活在某一个星球上吗？某一个，意味着除了这个星球，还有其他星球。那么多未知，未知怎么会带来奇妙呢？在我狭隘而保守的世界观里，未知代表着不确定的危险，否则为何我们要不停地计算，不停地预测，不停地为自己"多做打算"呢？

直到我27岁时,切实地站在额尔齐斯河的下游,闭着眼睛,听到冰下仍然流动的河水隐秘地叮咚作响,在这个魔法般的瞬间,我才猛然记起过往那道题的答案是:额尔齐斯河是我国唯一流入北冰洋的河流。

睁开眼睛,我好像又回到了穿着校服、在一张课桌后面背书的年纪,那时候我的世界只有这么大,无论往里面填充什么生硬的知识,都只能向着天花板的方向,堆叠在我总是酸胀的肩膀上。未来是痛苦的、吃力的。你不能要求一个孩子心甘情愿地计算着生活,同时又要求她对世界充满想象。

骑着马儿沿着额尔齐斯河走在阿勒泰的夕阳里,我开始对世界有了更多的想象。也许世界是一张立体无垠的地理卷子,我正在从这一头缓慢地走向另一头。

那些17岁的我咬着笔头找不到的答案,在27岁抵达了。我终于不需要急于找答案了,我接下来的人生都可以用来学习地理、探索未知、寻找过去我无法想象的一切。

现在我所知道的一切,仍然是我的全世界。但我相信

这是一个没有边界的世界,而我就是这个世界的唯一入口:

我所看、所想、所写的一切,只是为了探索我自己的世界。

关于世界的第一手资料

2023年春天的互联网，真让人怀疑全国人民都在离职或考虑离职的路上。互联网离职像一场盛大的反叛行为艺术："一个赞就离职""离职重启人生"……只要起了这个念头，大数据就会把你需要的鼓励推送到你面前。与互联网上的离职潮形成对比的是，现实生活中，拿着写满的简历却找不到合适工作的人，比比皆是。

有人需要工作，有人需要自由，有人需要做着稳定工作的同时追求自由的可能性，这场行为艺术是免费的短效镇痛剂。

彼时，我正在总部位于云南的一家公司做活动策划。从现在的角度看过去的工作，我有了一个相对公允的视角。在职的时候是干一行恨一行，区别仅仅在于恨意的大小。

最初在招聘软件上看到这家公司的时候，一眼就被公司主页上那张大家在农场劳作的照片吸引了。背景是蔚蓝的天空，云朵恣意飘浮。照片上，大家的笑容真实而灿烂，不是那种团建时捏造的笑容——你甚至可以通过每个人脸上的笑容看出这个人的大概职级！薪水、职业规划、资源，无论从哪个角度来看，这都算不上一份"好"工作，但仅仅是因为那张照片，我就确定我想入职这家公司。

"这份工作会带我找到我想找的东西。"我的心总是有它自己的判断。

刚入社会时，也想过要一展身手，却发现职场中的自证是一个陷阱：证明你存在的价值、证明你能胜任。

于是我证明。

但证明本身远远不够：得证明你在证明，以证明你的上进。

像进入了一个永恒不利我的自证循环陷阱，我看到自己总是像个局外人一样游离在职场的社交环境外。

我听过无数次"你的简历已经花掉了"，好像行差踏错一步，我的人生就会完蛋。但如果不去试试看的话，怎么知道哪些是自己擅长的，哪些是自己喜欢的？

在这套充满悖论的价值体系中，我们既自大地认为我们可以预测未来发生的事，然后在当下做出"最有利"的选择，又卑微地觉得我们个体的力量毫无用处，想做的事情不重要，社会要求我们做的事情才稳妥。

但如果倒过来呢？

就人生选择的利益计算而言，没人可以算及未来世界的走向，算到全球性的事件，算到种种意外。所以何不试着少一些计算，谦逊地接受命运送到我们面前的选择呢？何不试着"自大"地觉得自己可以做到想做的事情，然后投身于喜爱的事业呢？

在这份工作中，我改变了过去自证式的工作方式，把一切都当作一场社会实践，去接触以各种生活方式存在着的人。

当时，公司的很多项目都会和外部的人合作，开线上会议时，总能听到合作的同事那边传来鹅叫声。他过着"半农半X①"的生活，一边开会一边道歉说："不好意思，我这边鹅叫声有点大。"殊不知在办公室的我们已经无心听他在说什么，只想听鹅"说"。那真像是世外桃源的召唤，真的有人在过着自己喜欢的生活啊！

初春的山间，我们在火堆边上玩流动艺术表演者的手碟，他们充满神秘的气质，游走在精致社会的边缘。手碟每敲击一下，就荡起一声仿佛来自天地间的乐声。表演者说："玩一件乐器，玩上一年，你肯定能玩好。"

我心里一颤，想的却是："原来真的可以什么都不做，一年里只玩乐器吗？"

不上班真的不是一种浪费吗？原来，真的有人这样生活啊！

我心想，这下我的简历真的花了，我的心也花了，我眼前的一切都花了。正确和错误的界限模糊了，我现在知道了，居然有人可以这样生活。

---

① 半农半X：指一半农业生活，一半理想工作，两种齐头并进的生活方式。

在互联网中的离职热潮,与现实社会中的"既想交社保又想去大理"的割裂之间,新的弥合点出现了。我看到了另一种存在:有那么一些人,从来都不在这个"人人必须有职业规划"的社会规则里,在他们的世界里,只有眼前可以肆意击打的手碟,才是真实可触的。

那一天,手碟在我们手中转了好几轮,每个人都仔细地抚摸、轻轻地拍打。只要触碰,它就会给你回应,绝对美妙的回应。从前那些"你还不够努力,还不够优秀"的论调,被淹没了。我感到一种巨大的即时满足,好像世界理应如此。

那之后过了不久,我就离职了。

我还记得那是刚过初春的玉兰花季,公司门口有一棵很大的玉兰树,空气中有着淡淡的玉兰花香。下过雨的初春傍晚,霞光是乳金色的,洋洋洒洒、铺天盖地,绚丽的光晕被慷慨地送到我的眼前。我伸手就可以摸到晚霞的轮廓,再往前走一步,就走进了晚霞。

世界,真宽阔啊!

在我眼前的这一团浩大的晚霞,是从天而降的"未知"的实体。我在边界之处,我将踏入它,永久地欢迎它。那时候,我被一种无来由的确信包裹着,我确信我在和过去的生活做告别,往后我的心说什么,我便去做什么,我所想的皆要被验证,不是通过别人的生活验证,而是通过自己的脚步和体验验证。

是的,我想要关于世界的第一手资料。这种确信,直到现在仍然贯穿着我的生活。

这听起来很帅吧?但我坦言,在当时多少带着些逃避的意味,善于逃跑的人也善于为自己的逃跑找到合适的理由。

这一年我26岁,此前的我是一只幻想充盈而经验缺乏的井底之蛙,过着常见的"不是没有钱就是没有时间"的生活,几乎不旅行,更别提独自旅行。我知道旅行不是我探索世界的唯一解法,却是当时的我最想做的一件事情。在物理意义上扩大自身的空间,我想看看这个世界上其他地方的土地是什么颜色的,我想知道不同声调的语言所构建起的对话是怎样的韵律。我想知道的太多了,我不知道的太多了。

当我在杭州的草坪上,在我一方野餐垫铺开的无形之井中,在我终于可以完整度过的一个春天里,我躺着望天,静静看着这片与世界他处气象不同的天,还有上面掠过的飞鸟。

我想:"天空底下有多少口这样的井呢?"

可我们不是本身就在井里的呀!我们是被豢养在井里的。

对于世界的好奇心无穷无尽地生长起来,我并不知道这会把我引至何处,在此之前,我好像从来没有真正地行走过,对于世界而言,我和一个婴儿没有区别。但我们不会对婴儿说:"你还是老实地待着吧。"我们只会对婴儿说:"加油,一点一点尝试!摔倒也没关系的!"

那时候,我意识到"简历花掉了"这件事情,是一种自断后路。我庆幸我不能也不会回到过去的环境中。我的面前只有一个选项,那就是往外走,往更远的地方走,无论是物理空间的更远,还是心理深度的更远。当我只有一个选项的时候,我才发现我能做到的事情前所未有的多。

除了旅行,我还回归了阅读,像仍处于学生时代一样坚持阅读,没有任何功利心的阅读太奢侈了。我可以继续书写,即使依旧写不成任何成就,但我倍感幸福。我可以表达,没有任何规则约束我,没有任何绩效考核我,没有任何人对我指手画脚。我当然也可以什么都不做,只是活着、吃饭、睡觉。

"加油,一点一点尝试!摔倒也没关系的!"

我的人生虽然不会像日剧那样重启[①],但没人可以阻止我为自己设置专属的人生游戏。

事实上,我从未如此自由。

我在社交媒体上记录着这个阶段的变化和感受,我不知道是因为后疫情时代易于催动人对于及时行乐和自我探索的欲望,还是因为四月春光太美好,而工位太狭小,盛

---

① 这里指2023年播出的日剧《重启人生》。

放不下对春色的贪恋。我的记录吸引了很多相似的人，这种吸引很奇妙，它让我对世界之大有了很具体的感知，籍籍无名的人因为一个微小的念头而得到无数共鸣，是小概率事件。

这很鼓舞我。

此前我从来没想过普通人的叙事是重要的，因此也没有想过要成为一个自媒体博主。随着我不停地写啊写，拍啊拍，我感觉自己成为他人的实验样本，样本的成功率高一点，就会让人更加相信，生活的方式有很多种。

独自旅行是我为自己设置的第一个人生游戏任务。像一个真实的网游一样，这个游戏一旦开始，世界会把下一个任务隐藏在此时这个任务中，我似乎永远都不需要担心这个游戏会无法持续，除非我主动选择退出。

像从前很多次做决定一样，很多时候我都感觉自己是被一些新冒出的冲动推着走。第一次独自旅行，我选择了泉州。陈春成在《竹峰寺》①里写到泉州:"蝴蝶轻盈地落在大佛头顶""宗教的庄穆和生命的华美刹那契合",我感到泉州是我非去不可的地方。

我在旅行中遇到的第一个"玩家伙伴"叫如如。我刚在泉州的青年旅舍歇下脚,她就满头大汗地背着超出她头顶的大背包走进来,问我们"谁要去吃饭"。如如和我在差不多的时间离职,但她十分熟悉独立旅行的种种。在我们相遇前,她用"机票盲盒"旅行了很久,把选择目的地的决定权交给老天。她说出这段话的时候,我能够看到她的脑袋上闪着四个大字:"顶级P人②"。

下过雨的夏日傍晚,晚风醉人,我和如如吃饱了饭,走到仿佛由榕树撑起的天桥上,望着周遭湿漉漉的榕树藤蔓发呆。我忽然就通达了天涯比邻的古意。那些古诗词里海上生明月的时刻,被赋予了更生动的意义。

---

① 《竹峰寺》:收录在陈春成小说集《夜晚的潜水艇》中。
② P人:网络用语,在MBTI性格类型测试中被评为感知型(Perceiving)个性的人。

我说:"最近,我总是会有这种幸福得醉醺醺的感觉!"

我抬头,蓝调时刻的这片天,仍然是我坐井观的那片天。每一次想到如如,都觉得她是命运送给我的巨大礼物,送到局促不安的我面前。和辽阔的天相比,我们每个人都不过是宇宙尘埃,飘摇碰撞。正因为渺小,我们这样的尘埃在哪儿都行,在哪儿都好。

那几天,泉州一直在下雨,我们步行沿着古城走了很多次,在一些奇妙的转角,偶遇一座寺庙,转身又是另一座教堂。站在路口交会之处,感受同一场雨平等地浸润着我们,汇集而成的水流毫无顾忌地从此处流到彼处,我感到信仰和信仰之间没有分别心的融洽。

我第一次那么爱雨,我们在回廊里驻足观雨,好像世界上没有什么事比雨落下的这一刻更要紧。我手舞足蹈地跟如如说陈春成的书:"如果不是他,我们可能不会相遇!"雨声很大,回忆起来,我的大部分叙述已成默片,浓墨重彩的一幕是我们笑着冲进雨里,又大步跨进另一个回廊。

这样的"如果"我能说出一大堆,生命中的一切原来都是这样环环相扣的。在写下这段话的现在，我坐在栾树叶纷飞的窗口。如果不是这些相遇，如果没有一次次看似没来由的决定，没有一声声"摔倒也没事"的自我鼓励，我大约不会在这里写下所发生的一切。

看似没来由，却像是播种，像树叶天然生长的脉络，像春天之后夏天就会到来那么自然：每一次起心动念都在拨动命运的弦。

我和如如命运的线短暂地交织之后，我去了很多地方旅行。起初我也说不清楚，自己试图通过旅行寻觅的是什么，只是被好奇心驱使着往前走着。在不同的城市，每每想起到底为什么出发，我就会想起离职后拥有的第一个完整的杭州的春天，我走在工作日空旷的街道上，感到一种生涩的自由。在物理空间不断扩大的过程中，我逐渐发现，旅行并不是最重要的任务。旅行更像是阅读和表达的另一种存在方式，它们在不同的维度里扩张着我的个体空间。纯粹的好奇心是最初引导我的线索，但好奇心所牵引出来的远远超出我的想象：随着我的个体空间的扩大，我所能容纳的世界更大了，我所能理解的事物更多了，我所看到的自己也更完整了。

我想要获取关于生活和世界的第一手资料，这一初心带领我获得的，一直是关乎自己的第一手资料。

我很庆幸自己的种种软弱和倔强，正因为这些"顽固不化"的秉性，我很难把什么事情都做好。考试也考不好，外语也学不好，工作上有机会摆在我面前，我又觉得自己难担重任。总是妄自菲薄，总是想逃。因此，对于自己能做好的事情特别珍惜，好像我必须不断放大自己身上仅有的一些优点，才能维持站立在这世间的平稳。这是从小就优秀的人难以体会的幸运。

如同一个只依靠双足丈量世界的人，便偏爱她的双足。

同一时期，我身上发生的变化是我不再听播客、不再收录任何人的人生经验，尽管在过去某个阶段，充沛的"他人观点"也曾成为我的砖瓦，但我未曾用它们建造起任何可供自己栖息的庇护所。

没有哪一种生活方式更为高明，只有在靠自己的生命体验搭建起自身独一无二的哲学框架时,这些彩色的砖头,才能在属于它们的墙面上闪光。

人唯一不需要对抗的就是自身的渺小

绿皮火车抵达阿勒泰之前,要经过一个漫长的夜晚,我做了一个短促的梦。

梦里,天已经亮了,雾也散了,火车停停走走,窗外经过的一大群牛羊,踩着雪慢悠悠地走着。眼前昏暗的触控灯闪了闪,火车卧铺成为宿舍床铺,楼廊里有晚归同学的笑声,打着灯看《冬牧场》的一个又一个夜晚鲜活起来,透过书本能听到冬窝子火堆嗞嗞嗞的轻微声响。

好冷,好温馨。

醒来仍然是这个漫长的黑夜。

列车员陆续喊醒隔壁车厢的乘客,提醒他们还有二十分钟下车。

乘火车前往阿勒泰的路上,我有一种奇怪的心绪,并不感到是要去一个陌生的地方,而像是某种程度上的归乡,这是李娟笔下一读再读的阿勒泰。像梦境投射错了时空,日出之前,我到了我的阿勒泰。

"还有二十分钟到阿勒泰站了!醒了啊!醒了!"

我和姐姐同行,绕开年末人满为患的禾木村,住在富蕴县可可托海的村落里,从车站到我们居住的村子,要开三个多小时的车。在新疆住了一周,每到一个地方,司机都会给我下一个地方的司机的联系方式,每一个都比上一个更难沟通。到了阿勒泰,司机的普通话就更难懂了,语序倒装,尾调上扬,所有陈述句都像疑问句。

"七点半来接你,可以?"

"可以!"

"那我七点半来,可以?"

"可以呀!"

"可以?"

反复好几轮,我才知道他说的是肯定句!

前往村子时正值日出时分,窗外雪原辽远,极远处,连绵不绝的墨色高山压着泛红的地平线,稳稳当当地勾勒出世界边缘。我用袖子擦一擦窗户上的雾气,看得出神。

来阿勒泰之前，我看过很多李娟的作品。有人觉得她的文章很细碎，没有主要的情节和脉络，不知道有什么可读的。看到这些评价，我想起小时候学沈复《浮生六记》中的《童趣》篇，写到他幼时夜间拍蚊子，"私拟作群鹤舞于空中"，当时的我觉得无聊至极。直到大学重读《浮生六记》，才读懂其中的生活情致。觉得李娟所叙述的平淡且细腻的日常，也是对日复一日的生活和长年生长的土地的爱吧！

我久久地望着窗外，朝霞漫天，但仍瞧不见太阳。近处的雪原有寂寞枯树，目所能及的尽头有墨绿的树林，覆盖着半融化的雪。牧人们已经起身，时不时能见到牛羊在荒芜的山与原野间行走，粘在大地上像一粒粒苍耳。远远地分不清，哪里是草堆哪里是牛羊。我也分辨不清自己所处的位置，我在车上，我也在荒原。

在这样的大地上，**人唯一不需要对抗的就是自身的渺小。**

在村里生活可真寂寞啊，连呼出雾气也成为玩乐之举。

姐姐安排了滑雪的行程，我待在村子里溜达来溜达去，好像啥事儿都不做才是我旅行的常态。

初到时，我沿着村子走，想要初步认识村子。这里有很多援疆的汉族人开的餐馆和民宿，本地人多是哈萨克族。稍稍走远一些，就寂寞得只有自己的脚咔嚓咔嚓踩雪的声音。围绕着村子的河，被积雪覆盖，被枯枝掩埋，只听闻冰下的流水声，真是叮叮咚咚的，十分好听。

偶尔还有鸦雀的叫声，更寂寞了。

我非常喜欢走路，脚步的节奏和眼睛摄取美妙外物的节奏是一致的，一旦坐车就容易错过生动的细节，好像迷失在速度的把戏里，只知道往前看，没有停下来驻足的快乐。

走多了路就回房间休息一下，一到屋里就立刻脱了鞋，光脚踩在有地暖的地板上。有一次门没关，扭头就看到房间里多了一只胖胖的梨花猫，赖着不肯走，一脸享受，仿佛在说："地暖真舒服啊。"

我一走近，它就倒地敞开肚皮，哼哼唧唧地舔爪。从它一系列熟稔的动作和"吨位"来判断，它应当非常知道自己可爱的优势，有不少游客都吃它这套，包括我。

于是，我的房间里多了一位本地的"客猫"。

在这里看到动物是常有的事，无论是肥猫还是肥兔子，它们都不怕人。有只黑耳朵的白兔子，看起来像一只巨大的白色老鼠戴了一个黑色的发箍，每天都来民宿门口打照面。我每次都陪着它蹲到脚麻，真是蹲不过它！好灵的雪兔！

我感觉村里的每个哈萨克族男人，都有一匹马。我不确定女人是不是也有，因为我看到她们时，她们总是在屋里。

好几次，我和往常一样，沿着村里的路独自走着。脑子里什么都不想，也许是在等待松枝上的积雪滑落，也许是在倾听不远处清亮的鸦雀声，更也许，是在有心无心地寻找李娟在此处的地图上，为我留下的标识。这事常有发生，我一厢情愿地觉得所有作者都在我的世界里做批注，有时我还没有去到某处，这些批注就已经做到某处了。

几天里，我都这样无所事事地寻找着批注。走在路上，总能远远地听到一阵踢踢踏踏的马蹄声，马蹄声真好听，我专注地听着，回过神就看到村里人骑着马儿路过，大声问我："骑马吗？"

我大声说："不骑！"但我太喜欢这声音了，于是一直注视着他们走远。

走得人都快见不到了，他们还回头问："骑马吗？"

其实我不是不想骑，早在抵达村子的时候，我就夸过一个少年的马儿好看。他有一匹红白相间的马儿，马背上盖着红棕色的厚布，十三四岁的少年骑在马上，优哉游哉地晃动着，马蹄声悠闲有致。

他邀请我骑他的马。刚到时我还不知道带游客骑马，是本地一种收费的项目。我把少年的邀请视为友好的私人邀请。他扶我上马，叫我别怕，因为他的马儿是很乖的，他摩挲着马儿的脑袋，很是亲昵。

下马时，他对我说："明天你想骑马的话，我可以来接你，每小时一百二十元。"

"原来如此。"我想。

但我并没有觉得被冒犯到,或者说觉得少年的真诚被标价了而感到失望,这种失望在我看来是一种站在道德制高点的审判,适当收费反而令我松了一口气。

细细想来,这是一种意味深长的放松。

我很不喜欢万宁海边拉着马儿拍照的流水线产业。那时,我在沙滩上晒太阳,看到马儿在休息的时候也被绑在椰树上,绳子绑得高高的,马儿困得跪在地上——不是草地,是沙滩。我忍不住去抚摸那匹马儿的头,它看着我,闭着眼睛在我肩膀上靠了很久。我永远也忘不了那时候我心里的痛苦和愤怒。它在使用它的人眼里不是马,而是工具,像锤子、钉子一样没有生命的工具。

而在阿勒泰,马儿在可以放肆奔跑的地方生活,和从小一起长大的玩伴相守。少年们和马儿相互陪伴,他们之间不完全是商业的关系,还有很大很可靠的爱意。偶尔合作着赚些钱,让彼此的处境都好一些。比起沙滩边上被视为拍摄工具的马儿,在这里,马儿仍然是马儿,从小一起长大的人会善待它们,你看到他们在一起的亲昵,就会相信这件事情,非常相信。

于是我问少年:"我们可以骑着马去哪儿?"

少年爽快地说:"去哪儿都行!"

约定骑马的那天,少年像是对待一份很正式的工作一样,准时来接我,然后牵着坐在马背上的我往山间走去。我笑着,感觉在陪他玩一个假扮大人的过家家游戏。

我们走到一条宽阔的河流边时,我提议我下马,和他一起走路。我也想牵着马儿走,这样我们会更像同伴。

少年很少言语,但说起马儿,总是说个没完。

他说,当地的少年到了一定的年纪,父亲会让他们选一匹马。他起初看中的不是这匹红白相间的马,而是一匹纯黑的马,只是不知道为什么,送到家的是这匹。

说到这里,他回头,把额头贴在马儿的额头上,用刚刚好的力气抚摸着马儿的脖颈说:"不过,它更好,它跑得可快了。"

我们回家的时候,少年执意要我上马,我明白,对我来说是过家家的游戏,对他来说就是一件正经事儿。同时,我也和马儿熟悉起来,可以碰它的头和它玩,也没起初那么不好意思让它载。

从山间回程,能看见整个村子浸润在日落里。远处的山峰、近处的房屋,随着黄昏逐渐消融。少年在前面牵着马和我。

他的背影在眼前,也远远地融合在另一种生活中。另一种我到此处寻觅的生活。

我到达阿勒泰是在2023年。李娟写下那些关于阿勒泰的生活,大约始于十年前,尽管她的叙述绵延至今,但这些年间,阿勒泰早已物是人非,外地商人来阿勒泰开民宿,本地人把家共享给游客。旅行难免把他人的日常生活作为观赏的对象,这之中自然有人爱惜,也有人漠然,点点滴滴贯穿着十多年间的北地。按图索骥自然是一种枉然。

表象上,一切都变了。可一切都变了吗?

我写下这段记忆的时候,电视剧《我的阿勒泰》开播了,女性导演的镜头美学,让关于阿勒泰的一切富有美感的记忆都被强化。看着电视剧里的画面,我都能对应上这一处在书里哪一部分,用怎样的语言被书写出来,每每呼应,都会唤醒阅读时的那些触动,几欲落泪。但真正的阿勒泰的生活绝不是带着美好柔光的,也不是在开着暖气的房间里陪小猫玩的,而是和你、和我、和我们在自己常态的生活中一样,痛苦无奈和快乐满足一半一半相互抵抗着的。

也许呢?也许我并没有那么爱那片土地,我只是此处的旅人,我的爱是清楚自己仅仅只是暂住而形成的体验之爱。但我看到这个世界上,有人真挚地爱着自己饱含仓皇和未知的生活,依靠着伟大的世界,相信着连自己都不明白是什么的事物。光是这样的赤忱,就足够动人了——不仅是阿勒泰,广阔的世界里有无数个李娟。看着那些曾经是孩子的人长大、离开,自己却在原地,像见证一切变化的原野。双目毫无遮拦地看着广袤的天地，那么大，那么远，以至于更多的时候看到了自身的存在，就像是在荒原里突然睁开了双眼。短暂的清明后，又立马陷于自然的茫然感中。

在此刻真实的阿勒泰的生活里，我同样能看到她所看到的世界，看到她所看到的人，做着与从前不同的事，但依然以明朗而古老的姿态朝着历史走去。

我在村子里跨完年才离开。格外热闹的跨年夜，不同民族、天南地北的人，大火一烧起，区别之处尽数消融，我们都是围着火跳舞的动物。

从2023年来到2024年的那一晚，我就着一碗一元钱的羊肉汤下肚。那天晚上我又碰见了雪兔，它像特地在房间门口等我。

它等了我一晚上吗？还是等了我二十多年呢？

我是因为过分幸福和满足而头晕目眩了吧？可是命运的张力一直贯彻我的生活，我不得不多想。是谁指引我来到这里的呢？是李娟吗？是大学时期读到她作品的我吗？还是更久之前，自惭形秽地藏匿在书本中的我呢？让我成长、让我探索、把我送到这个村子，让我听让我看，是为了让我领悟什么呢？

2024年的第一天，我在阿勒泰醒来，踏踏实实地踩在昨晚新下的雪上时，我突然意识到我摆脱了一种无助的感受——长久以来，我总觉得自己套着一个游泳圈在一汪活水里泡着——不至于淹死，但也需要紧紧抱着河边的树根，同样的仓皇无措。

我不知道这种生活有什么解法，没有足够多的样本以供参考，这也是我一直在寻找的东西，直到有线索之后，我才开始厘清我在找什么。新的状态是套着游泳圈向前游，习得一些在水中自由动弹的步伐，肌肉也慢慢适应和水流共振。

这一状态是一种新的舒适，我不知道它会持续多久，也许某天我也会抽筋，陷入一种新的迷茫和仓皇，但我不需要解决这种感受本身，我所经历的本来就是一种自然而然的好运守恒。而我，怀着同一种相信，相信连自己都不明白是什么的东西——它向我走来，我就迎接它。到时间，就要离开阿勒泰了。

充分无聊的日子还将继续在阿勒泰铺陈开来，人在时间和自然面前的努力，如同西西弗斯推动巨石，但人们应当想，西西弗斯是幸福的。

阳光很好的日子里，感觉能活很久很久

秋天，在北京是一种特指：令人眩晕的温暖和恰到好处的柔和。

每到秋天就会很想来北京，或许早在阅读《北平的秋》时就埋下了这颗种子，读到金灿灿的秋天气质的文字，就感觉自己是一块拧得干干的海绵，在阳光底下晒干了空隙中的水分，四面通透地被风和阳光贯穿着。

秋天真好啊，秋天。走一走铺满泛黄叶子的胡同，感受慷慨的阳光，逛一逛波光粼粼的什刹海，穿着朋友起球的毛衣……**阳光很好的日子里，感觉能活很久很久。**

阳光还没出现的时候，我在北海公园让一位过路的爷爷给我拍照。

"只要按一下这里就好了！非常简单！"

"我拍不好的！"爷爷不好意思地说。

"不要紧，所有照片都是好照片！"我这样说，他才接

过相机。

也许是灰蒙蒙贯穿了所有老照片，也许是理光相机特别的复古色调，也许是我洗得缩水的灯芯绒裤子和在陌生人镜头前的局促，让这张照片看起来像是在二〇〇几年的北京。没人可以在北京不犯怀旧病，一个城市，在时空里层次丰富得反复闪现旧时光，真美妙。

不过，我一个土生土长的江南人，这怀旧的感情不知道哪里是由头，也许是在我说出"来生想做北海公园的小鸭子"时，也许上辈子的我就是里面的小鸭子，看着游客说："来生我想成为他们当中的一个。"

最妙的是蓝调时刻直至日落的变化，晚霞挥洒在湖面，天地间最盛大的表演莫过于此，我感到有太多无法言说的喜悦了。看着落日总发痴，涌动一股晒了很久的热腾腾的心流，热到能化解身体里的烦恼，周身轻快。

这样的时间，不是为了休息以便更好地工作的时间，而是被夕阳的力量攫住不得不停下来感受世界顷刻变化的时间。在生活的仓促里挖出一道缝隙，在云彩变化间抓取到完全只属于自己的时间。

生命的长度到底该怎么计算呢？

"实际地活着"和"真实地感觉到自己活着"并不相同，对吧？

当我们在说"人生苦短"的时候，并非指生命实际的长度，而是"昨天加班、今天下雨、明天未知，我已经很多天没有看到落日了"。无论是生理上，还是心理上，不知道哪一次搓磨过后，突然就开始疲惫了。这种"死亡"，不是停止呼吸的死亡，而是停止感知，停止对日落的期待。

自然永远存在，在某天抬头看到落日的瞬间，感觉到自己真实地活着的瞬间，关于生命的答案自会浮现。

因此，每一次看到日落都忍不住感叹："**活着真好啊，还想活，还想爱。**"

在热带,凭直觉自由穿梭

决定要写万宁的时候,我脑子里只有一个词:自由。

在这里,无论你穿什么,都不会有人侧目,炎热把衣服还原成遮蔽身体的必要布料。无论晒得多黑,都是美丽的,所有皮肤在太阳底下都是一样的皮肤。没人管你做什么工作,因为本地人也都一副"不务正业"的样子。大幅度伸展、大面积流汗,敞敞亮亮地把自己交给热带。树和大海慷慨至极,几乎每天都有美好的日出日落。椰子多得很,水果富足得挑花眼。世界往往因为贫瘠而需要规划资源的分配,但热带海岛的资源永远丰盛,似乎不需要用力攫取,仅仅是自然界的边角料,就足够我们享用。

在万宁,人只需要自自在在地活就好了。

我每天早上一睁眼就去沙滩上躺着。有时候闭着眼睛躺了一会儿,再睁眼时,身上已经被风均匀地撒了一层沙子。上午的沙滩没什么人,等到了中午,日头猛烈起来了,就回民宿睡觉和看书，路上捎带一只新鲜椰子，解一解暑气。有时会去咖啡店处理工作，消磨一个下午。太阳落山的时候，再溜达到海边晒太阳、看夕阳。晚上洗澡的时候，高低能冲下一斤沙子呢！

也是在万宁，我第一次住全女民宿。住在全女民宿的日子，真是发着光的日子。我头一次去万宁时，抵达民宿已经半夜，放好行李走到客厅，发现大家正窝在一起看动画片，聊天。没人特别招待我，好像我也跟她们一样是住了好几天的客人。女性在一起散发出的融洽和平静，就是全女民宿最初给我的印象。

大家碰面的时候会高兴地打招呼，询问下彼此今天有什么安排。如果有相同的行程，就可以结伴一起去。也可以主动去客厅问大家，有没有想要结伴去潜水的。因为相互信任而短暂同行，也因为彼此独立而互不绑定。

有几次，我和民宿里小我几岁的义工妹妹一起去海边，她们会给彼此拍很久的照片，聊天中我听到她们有当"网红"的想法，所以也会拍卡点小视频，但同时会做好民宿里义工需要做的所有琐碎事情，努力把自己晒得亮亮的，有喜欢的事情就马上去做，每天都在好好吃饭，她们年轻的身体在沙滩上粘着阳光和沙粒，看起来格外健康。偶尔她们也像其他年轻人一样，发愁论文，苦恼头发变少，但只要躺在太阳下，立马变得自在高兴。

这就是年轻的女孩们，你会难以控制地会被她们的激情感染！女孩有旺盛的生命力和不同的野心，世界也因此有改变。我想，她们会做到任何她们想做的事。

我会想这是不是因为我们在这里穿很少的衣服，人和人之间遮蔽的部分少了，开放的部分就多了。有几天我犯懒不涂防晒霜，晚上会有陌生的朋友帮我涂芦荟胶，一边涂一边说："明天你可记得涂防晒啊！"边上会有其他女性告诉我："你去拿个冰水敷着，褪红了就没事儿啦！"

我到现在都不知道她们叫什么名字。流动在我们之间的不是知晓彼此姓名的情感，而是天然的善意。我很珍爱这种善意，以至于第一次从万宁回来时，我在杭州的地铁上偷偷掉眼泪。去过万宁的人，好像有一部分永远留在了那里,人回到了城市,灵魂还摊在沙滩上明晃晃地晒着,鲜活又明媚,城市里的秩序和疏离显得那么陌生。

第二次到万宁,放下行李立马换上轻快的吊带和短裤去喝咖啡,到店里刚点上单,就听到吧台响起"叮咚"一声。

身边赤裸着上身在搭木板架子的服务员小哥问我:"客人点了什么单呀?"

我说:"是我点的单!"

他仔细看了看我,不好意思地说:"啊,我以为你是店里的义工,原来你是客人!"

说着连忙走进吧台为我做咖啡。

我笑道:"我看起来是来了很久的样子啊?我感觉我从来都没离开过!"

总之,我太爱万宁了,爱到可以每年都提前来过夏天。

万宁的自由,对我而言,很大程度上是电动车自由。

只要有一台小电驴(电动车),你就可以去到任何地方。

在小小的日月湾，汽车又笨重又保守，动不动就堵在路上。我骑着小电驴，带着一丝炫耀的潇洒姿态，从那些把自己安全遮蔽起来的汽车边上，丝滑地驶过无数次，那么灵活、那么迅速。见到在村子里新交的朋友时，会隔着马路大声地打招呼，要足够大声，因为大半的声音都会被风吞了去！

回到万宁的第一件事，就是租一台小电驴。

骑上我的小电驴，早就把自己交的一千块押金忘到九霄云外了。

我是海边骑着马的吟游诗人，馋嘴的吟游诗人。

因为太想吃兴隆的一家餐厅，我从日月湾骑了二十几千米到兴隆。骑着小电驴去往一个地方的感受真美妙，我感觉自己是一寸一寸地接近那里，一路上的变化清清楚楚，从沙滩到泥地，从村道到省道，从开满凤凰花的路段到能看见一大片睡莲的桥面。风吹来复杂馥郁的植物香气，如果我能读懂气味蕴藏的信息就好了！可我不能，只好贪婪地吸食着大自然的秘密。

万宁没有什么严格意义上的景区,被圈起来开放给游客观赏的,不如骑着小电驴探索到的。我不完全按照导航走,看到有趣的地方,就骑进去看看,骑一会儿就出来继续沿着导航骑。一路上遇到了岛屿牧场的牛儿,还遇到了昂首挺胸的大头鹅!走马观花地消磨一个上午,我前进的过程,刚好是太阳从东面移向头顶的过程,到了餐厅刚好是午饭时间。

骑小电驴探险可是很消耗体能的,我饿极了!我感觉那是我吃过的最好吃的一顿咖喱饭。吃完再来一杯加够了糖的兴隆咖啡,咖啡下肚时,听着风扇呼啦呼啦地吹着。

我没想到,这个时刻对我来说,原来这么特别。

后来我每次想到热带小镇的午后,就是兴隆的咖喱和咖啡的气味。像是一个记忆组合,按一下那个按钮,鼻子前就涌来那个味道,耳朵边就响起了风扇的声音。

这似乎是我小时候想象的"长大成人的模板":我会赚到一些钱,不是大富大贵的那种,而是足够我吃好吃的饭,喝好喝的饮料;我会有可挥霍的闲暇,在那里看书度过最热的时候；我也会学一些新知识，看不同译者的外国文学译本时，感受意外的乐趣；我还会有很多朋友，看到好玩的地方可以发信息分享给朋友。

我从未想过这个模板是在我跳脱社会模板的时候才实现的，我无法人为地精准控制其中任何一个因素，所有因素在这个午后恰好地汇聚在一起，构成一个圆满的画面。

回日月湾时，我选择了不一样的路线，山路居多。这是一段结结实实的大冒险，小电驴只剩一半的电量，我不确定爬坡会增加多少消耗，但趁着高兴，我愿意赌一赌运气。随着山路上坡时，太阳已经准备落山，天气柔和起来，越往山顶风越大，风景也越美。骑到山顶时，小电驴电池的余量不足百分之二十，而回程还有十三千米。只要撑到山脚，就回到村子里了。

我准备捏着刹车，一路从山顶滑下去。

做好准备，下滑！

风吹飞了我的遮阳帽，我忍不住大声叫了出来。

这里只有山和树,还有更多山、更多树。

"啊——"

还有我。

"啊——"

有时没有其他车,就只有我。

"啊——"

日暮降临时,我快到村子了,车也没电了。

我不得不承认,我对于运气和自然有着过度的信任。**相较于理性的计算,更多时候,我都是凭着直觉莽撞地在世界穿行**。大约是因为我觉得"思量周密"是一种无限接近的状态,人算不到很多东西。一旦这样思考问题,我的生命里就出现了很多"不确定"。说来奇怪,从前我最怕这个词,不确定能不能拿到的offer、不确定考不考得上的分数、不确定能不能走一生的恋人……我对不确定的担心,除了带来额外的焦虑,并无法帮我"确定"任何东西。

而现在,"不确定"成为一个礼物,总是带来意外的惊喜。我也不确定我这样子,是好还是不好,但是谁能来判断这个好还是不好呢?谁有资格为我的人生评分呢?我过得太幸福了,幸福到我可以任性地无视他人的意见。

我只确定,我很期待未知的礼物。

野人大哥也是在万宁收到的"礼物"之一。

我喊他野人大哥,是因为他真的十分生猛,我还没有融入万宁的"野生氛围"时,在溯溪时认识了野人大哥。那天我正在玩水,就听到旁边的椰林里传来"咚"的一声,是椰子掉在地上的声音,随即看到野人大哥捧着椰子走出来。他浑身晒得黢黑油亮,只见他拿着椰子就往石头上砸,砸出裂缝,就高高地举起椰子,让椰汁灌进嘴巴。我见到的上一个这样喝东西的人还是林青霞版《笑傲江湖》里的东方不败。喝一半漏一半,倒不出椰汁了,就继续砸椰子,三下五除二,椰子就被分成了两半,他掰下一小块椰子内壳作为勺子舀椰肉吃。

我目瞪口呆,但同时已经向他走去,对他说:"你好!可以给我吃一点吗?"

他也目瞪口呆,把另一半椰子递给我。我们都有些莫名其妙,却蹲在溪流边吃了很久。

第二天,他带我上山下水,他大约也觉得很新奇,总说我不像是城市里来的人。

我亲眼看着他徒手爬上椰子树摇椰子下来,然后喊我去水里捞。但由于我低估了野人大哥生活的冒险程度,我晒伤得有点严重。

我们吃完饭坐着乘凉时,野人大哥告诉我他的故事。

他年轻的时候曾出远门去做生意,赚了一些钱,但是一点都不开心,每天都要和各种客户交谈,很累。工作了几年就决定回日月湾,有时候会当本地向导接待客人。说到这里他连忙补充:"但我不跟你收费的啊!"知道我是做自媒体的之后,他问了我很多问题,看起来似乎想通过自媒体招徕更多客人。

"本地也有很多人做自媒体啊,就发发视频啊,就有客人来了。"他说。

我实在说不出个所以然来,我并不清楚我的账号做对了什么。我只说了一些视频剪辑的事儿,他听完,郑重地点了点头,没再接话,只是去拿了块舢板说要带我去玩。我以为他在暗自计划着,准备和我大聊特聊他的自媒体致富计划。

我们驾着舢板顺着村里的内流河往前划动时,他突然又提起了自媒体的事儿。

但他是这样说的:"我还是不做那个什么自媒体了啊,我回日月湾就是为了自在一点,再想着赚那么多钱,也没意思啊。"我深受触动。

虽然,后来我知道他在本地有房子出租给旅人,触动少了一点。

但还是留下一点触动,这一点是看到世界上有人身上有这样野生的能量,他知道怎么和树、河流相处。"生活"的标准没有变得复杂,和"生存"的标准差不多。大约只有在热带岛屿,才有这样的生活方式吧。

用野人大哥经常说的话就是:"喝椰子,就要这样痛痛快快倒嘴里!好奢靡!人活着就是要奢靡啊!"然后用一种难以拒绝的语气劝我学他那样喝椰子。

要奢靡——旅人喝本地椰子十元一个。

第二次来万宁，待了一段时间后，我的好友们适逢假期来找我。我就像一个本地向导一样，带着他们玩。

我的朋友说："你在这里和在城里很不一样，话都变多了。"

上一次我听到这种"不一样"，是在杭州见我在万宁交的第一个朋友心怡，她说了意思差不多的话："你在杭州，好像没有在万宁那么快乐。"

不是不快乐，而是我野生的一部分在城市里被掩盖起来了。如果你在互联网上问，环境会改变人吗？你只会获得"会"或者"不会"的答案。这根本算不上答案，各人有各人的答案，而我的答案是："环境会挖掘人。"每到一个地方，我就会本能地打开"自适应模式"，环境要求我这样做，我无意讨好，但这也是我的本能。而在万宁，我可以让自己身体里动物的一部分肆意流露出来。

事实上，第二次到万宁的时候，这里就不太一样了，开了很多新的店铺和民宿，每当一个地方受到一些人真心的喜欢之后，都难免经历商业化的过程。我在万宁看到过很多"反商业化"的标语，我不知道是不是真的有地方可以做到这种"反对"，但商业化也很有可能让大家看到了万宁野生的美好，在商业化的同时更好地保护当地的天然性，也改善当地的基础设施。

什么都有可能。

尽管坏消息是"世界不会停止变化"，但好消息同时也是"世界不会停止变化"。

看，和我一样，世界也面对着不确定性。

与世界短暂失联

香格里拉的天黑得很晚,晚上八点半,夜幕才开始慢慢降临。

白天在阿布吉措徒步,海拔攀升到4000多米,仅仅一天,我们就从山脚的秋季来到山顶的冬季。时间成为虚无的概念。

下山时,我们决定在山脚的牧场露营,我和恋人的帐篷搭在牧人围起来的牧草地上。同样在此处落脚的,还有两位骑摩托旅行的大哥。失去信号的时候,他们为了报平安,驱车沿着山边的砂石道路找信号,过了一个多小时才回来。

没有网络、无法打电话,我看着只能打光和拍照的手机,突然想到,一直以来我活在一个通信是理所当然的世界里,从未失去信号这么久。此时像是被丢进了一个异世界,和外界彻底失联了。7月,阳光偏向北回归线,夜晚明明该是很短的,却因为失去了信号,感觉格外漫长。

天彻底黑下来,风湿露重。围绕着阿布吉措山山脚的这片牧场,目之所及有三四户牧人家庭,亮着微光,炊烟袅袅。我向主人家讨了一壶热水,就着热水吃下压缩饼干。这一天的徒步,太累太累,一路上惊奇地"哇"了无数次,但到晚间,好奇和精力所剩无几,我很快就睡着了。

夜里醒来好几次,半梦半醒间听见牦牛的铃铛声丁零哐啷响了一晚上,一会儿远一会儿近,每每听到都会疑惑自己在哪儿。早上一睁开眼睛,就看到小昆虫在帐篷外停落,细小的脚在防水布上发出窸窸窣窣的声音,清晰可闻。

这才反应过来:"哦!我在牧场草原上睡了一觉!我真了不起!"

前一晚着急落脚,没有好好和牧人夫妇打招呼。这时候好奇心也恢复到充沛的状态了,我赶忙爬起,想去看看牧人的日常生活。

牧人夫妇的屋子用木头、草料和一些我无法叫出名字的材料做成。我起身走到他们屋前,看到他们在侧面的棚子里给牛挤奶。他们看到我就冲我点点头,手上的活儿并没有停。牛儿在他们跟前,懒懒散散的表情,一副刚睡醒就上班的样子。

小牛从栅栏后面蹿出来,很不怕生,眼睛里充满好奇。昨天我们在搭帐篷的时候,它就十分好奇地跑过来,轻快地在我们周围跳来跳去。我们相互注视了足足好几秒,对彼此的好奇心快要贴到一起了,我觉得我们似乎已经交谈了很久,就算它下一秒突然开口说话我都不觉得惊讶。正想靠近它时,它被一声牛叫唤走了。好听话的小牛!

牧人夫妇挤奶时,远处的马路上有人挥手,他们用藏语喊了几句话。牧人夫妇挤完奶,只见那人驱车到近处,从牧人夫妇手中接过新鲜的牛奶。原来,我们在镇上喝到的牛奶,是这样从草原到城市的!

见他们忙完回屋,我也连忙跑去牧人的屋子里烤火。高原地带的7月早晨,像深秋时的气候。两位摩旅大哥早已在屋里。手打酥油茶、青稞馒头、酥油奶酪是这对夫妇用来招待客人的餐食,主人自己则吃青稞糌粑。

烤着火,等待着身上的寒气尽数消散。和牧人们语言不完全通,更多时候是听懂一半、手舞足蹈一半。

两位摩旅大哥是离职之后开始环中国摩托车旅行的。

我笑着想,我这大半年旅行遇到的大部分人,故事的开始都是离职。趁着难得的假期出来旅行的人,因为赶时间铆足了劲地精致,又活泼地带着异乡人的新鲜感。而与他们不同,离职后开始旅行的人,身上都有一股劲:是破而后立的"挣脱感",挣脱曾经深信不疑的体系,也是不紧不慢的"寻觅感",寻找自己在更大世界里的样貌,但也不急于快速找到答案,专注又坚定。

我旋转着杯子焐着手,仔细地瞧着这间小小的庇护所,有一台电视机,但没有打开——早上七点半,信号还没有恢复。只有火炉始终热闹着,一直热着一大桶水——没有自来水,饮用水是每天走到几百米外的河流边挑回来的山泉水。

城市的规则在这里失效了。每一种理所当然,在这里都需要重新认识:我们和信号的关系,我们和水的关系,我们和自然的关系。也因此,当地人格外呵护水源,即使你仅仅是路过,他们也会对你说,不要去河边上厕所,垃圾不要乱丢。这既是道德约束而使然的环保意识,也是保护赖以生存的家园的必要之举。

这就是牧人的生活,真实的、信号时有时无的、互联网外的生活。无数次地想起李娟的《冬牧场》,对于冬窝子的寂寞和温馨,有了更具体的想象。这一夜,我感觉,我又完整了一些。这年复一年的牧场生活是否会寂寞呢?我不知道啊,在自己的视角里看别人的生活,并不是一种有利于理解的姿态。也许,他们根本没有时间考虑这样的问题,在这里这种思考是矫情的、不接地气的,因为只有一切关乎生存的话题才是最重要的。

至于生活的意义,只有当生存本身是一件相对轻巧的事情,可以产生一些冗余的空间,才会成为一个可问的问题。埋头生存的人,无暇探问意义——可这远远不是结束,人类不会停止这种探问。

那段时间，我的自媒体账号的私信总是塞满了关于生命意义的探问，好像因为我更善于公开表达自己，便就是一个知晓世界万物的人。但事实上，我无法回答那些问题，因为我也是第一次活，我也还在这条挣脱和寻觅的道路上。那些私信和这段经历一起被我存入了心里的一个小柜子，未来某个时刻的我，会帮我解答剩下的部分，而到那时，发出私信的人也许也已然明了。事实上，他们询问的对象是不是我，也不重要，因为就算不是我，问题同样会被提出。**我完全不担心这个，我很确定每个人都会寻找到自己生命的解法。**

大约半年后，我和姐姐沿着新疆318公路从阿勒泰自驾前往伊犁，正兴高采烈地唱着朴树的《生如夏花》时，发现我们开错道了，于是决定到下一个可居住的城市落脚。有一段路几乎是擦着国境线行进的，硬着头皮驶进一场大雾里。如果不是偶尔有一两辆从对面驶来的车，我们真的以为自己开入了异世界。终年大雾的地方，真是寸草不生，太阳不是太阳，是一团会发光的棉絮，悬挂在大雾后的幕布上。路边的枯枝为什么还能存在呢?还挂满了冰霜。它们真的会迎来阳光吗?

正心慌着,收到一条信息:"您已抵达哈萨克斯坦。"

现在想来真是摸不着头脑,但在当时是一个太美好的玩笑:手机还有信号,手机还有信号!

而后,驶出大雾继续前行,我们刚获得了一点安全感,就又失去了信号。

但此时,我们遇见了一片墓地。

黄色和土黄色交织的荒原上,住着某一些人的故人。我们驱车前行,那些墓碑在窗外后移,直至再也看不见。

那些墓碑在广大荒芜的土地上那样小,却那样庄严地肃立着,朝着阳光。空中呼啸着仿佛是远古来的风,一声一声,像在呼喊那些被冲淡的名字。如此寂寥,但无比庄重。我失语了,久久无法说话。肉体消亡的留骨之地,灵魂日日被荒原呼喊。

车辆闯入另一片大雾时,我心里的那个小柜子打开了,半年前在另一个失去信号的地带没有书写完毕的问题,在这一处失联地带继续流动起来。

生活有什么意义呢？死亡又有什么意义？他们会被遗忘的，一代人又一代人之后，可能已经被遗忘了，我们也会。

一种文明，周而复始，循环着、清醒着、清醒着、循环着、消失着。一个人出生，随之走向坟墓。死了就是无、消失、归于零。我不想再叩问意义，不想再将当下的一切都与这个最终的、必然的结局直接关联。

或者，我也可以干脆地说，没错，活着就是毫无意义的，因为毫无意义，在必然走向虚无的这个题面之下，转过身，看到自己的内心所想才最为重要。

如果非要寻求意义，被过去存在过的事物而打动的这个惊奇美妙的微小瞬间出现时，全部的意义已然浮现。

"宇宙以其不息的欲望，将一个歌舞炼为永恒。这欲望有怎样一个人间的姓名，大可忽略不计。"[1]

---

[1] 引用自史铁生的《我与地坛》。

人的心多像玻璃啊

刚从景德镇回到家,就看到门口的快递包裹,是在景德镇时做的玻璃杯先我一步到了。这是一只矮脚的玻璃杯,制作时手忙脚乱间胡乱往上点的颜色都膨胀起来,显出了它们应有的鲜艳色彩,毫无逻辑地排布在杯体上。

"艺术!这肯定是艺术!"我心想,对杯子爱不释手。

我很喜欢做手工的时候感受材料本身的质感,比如针线穿过不同布料的编织感,或松或紧;比如不同质感的色彩和釉烧制出不同的纹理;比如用火烧制玻璃时,它会从一种脆生生的质感变成柔软的"搅搅糖"质感。

我往玻璃杯里冲水,看灯光照射杯壁时不均匀的影子:这是独一无二的,只属于我的杯子。我看着它从一管普通的玻璃,烧化至柔软、变形、上色、吹制。做手工时,像进入更为微观的视角,看到我们的世界。这只杯子正是由这些奇妙的物质构成的,感受它们的流动,感受物质脱离固有形态时散播的想象力。真美妙,我总是为它们点点滴滴的变化而感到惊奇不已。

在景德镇小住的三天,是在一家全女民宿度过的。

和往常的旅行一样,我没有制订明确的计划。唯一的想法是,我想带一个杯子回家,好让我自酿的梅子酒有一个"体面"的去处——跑出来旅行的理由逐渐随性,体验未曾体验过的事物,是我唯一的驱动力。

民宿的主理人叫茂茂,初见她时,她用抓夹夹起头发,电动车前面载两只小狗——博美叫克林,柴犬叫丢丢。丢丢是茂茂刚捡到的。在湘湖这个小小的地方,民宿、咖啡店、酒吧自成当地社群的"情报中心",消息通过情报中心里的咖啡和酒水输送给每个人,但即使这样,也没有找到丢丢的家人。于是茂茂就"无中生儿"了。上车时两只小狗总是挤来挤去,相互打闹一会儿才肯暂时相安无事地嵌在茂茂腿下。电动车启动了,茂茂就喊一声:"积木!走!"家里的另一只柴犬就会在边上跑起来。我坐在茂茂的电动车后座上,毫无预设地、横冲直撞地冲进了以一人三狗为开端的景德镇湘湖生活。

湘湖的村子一条路通到底,树枝一样旁生几条不对称的小路,本地人开的米粉店、年轻人开的咖啡店和展览空间交错分布。像同一棵树上的结,不均匀中维持着微妙天然的和谐。路的尽头是烧窑的屋子,到了开窑的晚上,电动车沿着"枝丫"来到"主干"的尽头,年轻的人们小心翼翼地捧着自己新捏新画的"作品",送进窑里,等待下一个开窑的日子,来迎接自己小小的但伟大的作品。

起床后,我会去阳台和茂茂一起晒太阳,她戴着兜帽,拿着书半睡着,脸晒得红红的,我用手戳她脸蛋,她就伸着懒腰和我说话。有时我会自己去烧玻璃,再溜达回老胡的咖啡店,稍微待上一会儿,就能等到茂茂和其他脸熟的人,然后结伴去吃饭,默契自然。

每一天都极为相似,每一天却都有不同的满足感。

离开的前一个晚上,我和这群只知道外号的朋友,满满当当地挤在老胡的咖啡店里看电影,克林和积木睡在投影仪底下的沙发上。安静的时候,能听到狗狗的呼噜声。电影后半段,我们激烈地讨论着剧情和感受的时候,克林醒了,只能从我们腿边蹭出去——就是一个这么小的屋子。

来到景德镇之前,我已经进行了一年的独自旅行,遇到过很多朋友,进行过很多关于独自旅行的思考和观察。伴随着这一过程的深入,我开始疲于在现实生活中自我解释和过度地自我表达,宏大命题的虚无会被细小的真实存在所取代,我更期待验证语言并没有那么有用的默契。直到离开前的三个小时,我的聊天细胞才被唤醒。我们无比用力地说话,就像为景德镇的这场观察做总结。

我们聊民宿墙壁上贴的照片,聊照片中每个女孩身上所携带的故事,她们真实的样貌和表情在我眼前变得清晰和深刻,仿佛是我认识的某个人。

我们聊过度强调女性独自出行的危险,是如何掠夺我们看到世界的机会的。

我们聊在亲密关系或者互联网这样的场域里,每一种恐惧都在缩小我们自身的维度,从而腾让出更多空间给另一性。

担心说出口会成为虚无的文字,都像是有了脚,稳稳当当地落在了彼此的话语空间里。我多希望每个人都拥有这样的聊天时刻,无关乎议题本身,而是一种丝滑的、无须自我解释的畅谈,丝滑到就像两个人手牵着手在滑滑梯,一个人的多米诺骨牌会推倒另一个。

我们的灵魂和思想刚开始碰撞,就要分别了。的确,不停地出发就意味着不停地告别,告别的勇气和出发的勇气是十分相像的,都是为了自身的完整而产生的力。我们约定好下次再见,只要对话不结束,堆砌而成的默契不中断,每一种告别都是下一次相见的开场白。

我知道那个小屋仍然会有电影播放,会有新的人加入,会产生新的对话和情感。但我同时也知道,离开的那一刻,属于我的那场电影将会永远播放,我心里的某处,我们一直都挤在那个小屋里看电影:**那种拥挤的温馨和彼此坦诚的力量,从此也成为我携带的一部分。**

我想起烧杯子的那天,我看到热烈火焰里逐渐柔软到流动的玻璃,看到两种颜色的玻璃在火焰里逐渐融为一体,不由得发出惊叹:人的心多像玻璃啊!在这场相遇和告别里,把他们的一部分回忆也烧进我的生命。

后来,我和茂茂成了彼此的留言板,那天中断的话题,都自己生长起来。我们时常给对方发大段大段的语音和文字,我们像隔着时差的两个人,并不会每次都即时地回复对方的消息。这让我们之间的交流更像是信件,一股脑儿地写下自己心里想的内容,在自己的生活里事情翻页了,但话题本身在我们之间枝繁叶茂,催生思考。

成为留言板朋友需要更多的信任,我们对彼此不会有审视,我们的讨论不是为了赢,我们的倾诉没有占有欲,我们相信,时机到时,信件自会来。不像读快速信息那样抽空看一看,而是留出一段时间的空隙,阅读对方的念头。

在把彼此的聊天框当作留言板的一个月后,我们又见面了。见面之前,感觉装了一肚子的话要和她说。见面之后,迫切感反而消失了,我们真实而赤裸地涉足在对方的生活里,什么都不急着说了。起床后看看衣服需不需要收,我看书，她准备狗狗的饭，然后商量吃什么，要不要去喝咖啡。在家的时候能听一整天我们都喜欢的陈绮贞的歌，一个人起调，另一个人马上就能跟着唱下去。

感受上，我们似乎更适合当彼此遥远的留言板。

但我非常坚定地知道，我们应当时常见面。

不见面并不会折损我们彼此的重要性，但时常见面也不是为了更多交谈，而是为了看一看她最近头发有没有长长，笑起来声音是不是还是那么洪亮，身边出现了什么新的人，有没有什么新的故事，骑电动车需要戴墨镜吗，上次我们通信时说的那个地方什么时候可以去看看。

再分别时，又继续成为彼此的留言板，不过是更多了解的那种，更活灵活现的，对彼此更信任，感到更安全的，更相信我们能爱彼此更久的。

茂茂教我画素坯，我们在夜晚面对面坐着。她告诉我："我这是野路子，可不代表景德镇的水准。"

野路子很简单，要涂完颜料，要上釉，多上几层才好。

在湘湖大路尽头的窑里，我的第一件小作品诞生啦！

半夜,在老胡的店里喝完酒,我们去窑里找我画的碗,真是刚刚出炉的热乎乎的碗啊,烧制出来的颜色很鲜亮。我们兴高采烈地回家,抱着碗,在路上抬头看星星亮闪闪的。

"明天会是好天气呢!"我说,听见茂茂用爽朗的笑声回应我。我摸着手里的碗,心想:友谊之爱就像在素坯上涂完颜料,再上厚厚的釉,一层又一层,多一点了解我们彼此生活中的模样,就多一点了解我们心里的模样。

我该怎么去生活

我坐在清迈大学的图书馆里，看见每一扇窗子外的绿叶映得室内的墙壁也是淡绿色的。

这是我二十七年来第一次出国。

当我写下这句话的时候，我回顾自己的样貌：因为近视而看起来木讷的眼睛，偏大的鼻子，不笑的时候自然下撇的嘴巴。我的生活，毫无疑问地像我的脸颊、我的头发、我的身体一样平平无奇。

事实上，只需要花三十分钟办一本护照，就可以拿到一张广大世界的邀请函。现在，购买一次旅行的流程，并没有比购买一瓶牛奶更为烦琐。因此，一直以来，在客观的评价体系里，我并没有做任何了不起的事情。然而，在我的人生中，我沿着这条平平无奇的道路，努力地试探着脚踩在地面上的触感和温度，往前走一点，再走一点，往更大的世界去。我想象我的个体世界是一张小小的地图，一直有一个小小的充满好奇心的我在这张地图的边界,把界限一点一点往外推。

平平无奇的一个我,此时坐在这里书写自己平平无奇的生活。

在外国独自旅居一段时间意味着什么?把自己完全扔进陌生里?

是的,这一次是真正的陌生,我离开了让我感到安全和舒适的中文语境,日常沟通对我来说并不成问题,不论是用英语、用手势还是借助工具,有太多种方式可以帮助我在这里生存。但有一些只可意会不可言传的表达,在异国语境中消失了。我没有办法开始任何深入的交流,除了"我需要什么",我最需要的是"我在想什么"的表达。尽管在过去,日常沟通从未有效地疏解孤独,但当每句话、每个动作、每个笑容都成为一种词不达意的时候,语言体现出前所未有的重要性。

我像一串工整的公式，但现在，我缺乏运行的条件。我观察世界的能力仍然在，但我所观察到的内容无法对应相应的运算结果。"我失效了。"世界给我的安全感随着语境的消失而瓦解，我感觉自己又被剥开了一层，更为赤裸地重新降生在另一个世界里，我无法理解的事情，越来越多了。现在，我打下这句话，觉得指尖都泛着兴奋和胆怯的气息。

在异国，成为一个会说话的"哑巴"，我再转身面对过去许多年不厌其烦的表达，不羞于自我揭露以保持诚实，不吝啬于自我对话和赞美，以便我时时刻刻可以看到自己的存在，好像我欲望的重心从未像此时这样明确，它们从身体里喷射出来。通过陌生，真真切切地看到熟悉。我的视线如此清晰，清晰到我可以看到，表达如何重新塑造了我自己。

而在这里，我该怎么生活呢？

我该怎么生活呢？

这是一直以来都会闪现在我生命里的疑问。每一次我感觉我已经足够聪明地应对生活时，生活会通过各种方式让我发觉自身的无知，语境的迁移只是其中的一种方式而已。

我既不够年轻到像一个孩子一样，心甘情愿地重新建立起对新世界的认知，又不够年长到携带一身独行的智慧，享受孤独所带来的"慢性毒性"，通过疼痛确认自己的所在。但我足够年轻到对世界仍然怀有天然的激情和好奇，也足够年长到可以与自己的孤独面面相觑而不畏惧。

我不止一次地像喝醉了一样对朋友说："我们榨干每一次降落在我们身上的事情，从中获得经验。我们要不停分享，不停表达，如果可以，还要不停书写。我们要变得更智慧、更自在。"

我听到各种国家的语言在耳边交织响起，但同时我们只需要一个微笑和眼神就能和对方交流，我想的是："我爱我所经历的。"

穿过家家户户都摆设了传统佛龛的街头，我看到广场上白鸽起飞、彩帜飞扬，我想的是："我爱我所经历的。"

我站在古城中心的路口，墙面上涂鸦着"LESS WAR MORE LOVE"（少一点战争，多一点爱），一辆摩托车擦着我的右臂冲过去时，我在想的仍然是："我爱我所经历的。"

我爱我所经历的复杂，因为认知到复杂，即使对立的生命体验也可以毫不矛盾地同时出现，摆在我面前的选项从来都不是好和坏，它们相互包含，密不可分，仅仅只有我想和我不想。因为孤独所以更渴望真实的理解，因为胆怯所以更期待为自己量身定制的冒险，因为无法在这里完整地表达，所以越发认识到表达对我来说意义重大。

我该怎么生活呢？

真的存在绝对的答案吗？如果这种问询不再存在，我还存在吗？

我只能一直探求，直到我的探求本身成为答案。

我在清迈体验泰式按摩，另一个女人用她的身体探问我的身体，不断加深的按压，一点一点唤醒我的疲惫。

她问我："你是不是非常疲惫？"

我这才知道："是的，我好累。"

说出这句话后，我感到了极大的放松。我才知道原来过去的这段时间，我已经让自己这么疲惫了。而我浑然不知，我在用意志掩盖这种疲惫，我到底为什么这样做？这是一种自我奴役吗？我走出那个房间，感觉自己浑身的肌肉归于原位，一种巨大的饥饿感向我扑来。我已经很久很久没有这么饿了。我打开那个昏暗店铺的大门，热带明晃晃的蓝天每天都在，我却在此刻才看到它。

我真想知道，我该怎么生活，才能避免自己对自己的蒙蔽呢？

我住进了一个由木头建造而成的百年老屋，庭院中心是一栋杆栏式建筑，俗称脚楼，一楼摆满各式各样的老式木头桌椅，看起来像是中古家具陈列厅，会客厅、餐厨都位于脚楼的一楼，二楼供主人家白日休憩。屋子的主人是七十多岁的奶奶和她的妹妹，她们和两只狗狗一直生活在这里。二楼的电视机在白天一直放着，泰语尾音顺着木头的缝隙漏下来，我在一楼工作的时候，可以听见电视机的声音和她们慢悠悠走在木头地板上发出的声音。这时我就知道，她们在呢。

两排低矮的平房围绕着脚楼，一排供她们居住，另一排有六个房间，提供给客人居住。在脚楼和平房的空隙中，生长着和脚楼一样年迈的树木。随着人的走动，壁虎飞速藏匿起来，但在夜间，你会听到它们时不时地发出尖细的叫声。

尽管有一百年之久，但老屋所伫立的整个庭院，都未显可怖的阴暗之处，木头制作的一切都肉眼可见地陈旧，却毫不衰败。阳光和雨水渗透进木头和植被，散发着繁复的生命力。

这一切都归功于奶奶和她妹妹的悉心照顾。奶奶的右腿有些跛，总是把重心放在身体的另一侧，慢慢地在这个大庭院里挪动。我看着奶奶的生活，总觉得时间过得很慢，但即使是热带漫长的夏日白天，也在这种慢速的生活中，扑闪而过。

庭院的大门用金属锁链上锁，每次都要花上半分钟把手伸进门洞里插销,狗狗会在一边等待机会,试图从门的缝隙里跑出去玩。每次看到门锁上,它都失望而归。我住的一楼的房间要从外面关窗户,防止开纱窗的间隙蚊子飞进来。这听起来很麻烦,可是在这里,我从没有觉得不方便。生活的空隙被这些"与物共处"的经验撑得大大的,很舒展,足以慢慢地走路,听风吹过的风铃声、水流声和壁虎叫声。有一天早上起来,我看到枕头边有一只很小的蚂蚁,我没想过捏死它,只是起身了。它们原本就在这儿,而我才是外来者。

我第一天入住时,晚间在庭院里工作,奶奶对我说:"我的房间在这里,我妹妹的房间在边上,你不用担心安全问题,我们都在一起。"

我们都在一起。

这是我来清迈后最完整的一次平静。

我该怎样生活?我该怎样生活才能让这种平静成为我生活的底色?那些驻守在我生命暗角里等候时机袭击我的恐惧和不安,它们真的可以消失殆尽吗?我想不行,起码现在不行，我需要做的是找到与它们共存的平衡，不会因为它们而手足无措。

我不清楚这个问题的答案，但是我会拿着题目去要求我妈妈。

来清迈的前一天，我做了一个清楚又真实的梦，哭着醒过来，醒了很久还在哭，才发现这是一个梦。我梦见妈妈死了。在梦里，我的世界起了一场大雾，我突然间什么都看不到了。我只能一直往前跑，往前跑并不是因为想要前进，而是我想也许妈妈会藏在某一片雾气后面，和我玩捉迷藏。上一次我这样哭着醒来，是四年前梦见自己在小时候的房间里挨打，梦里我退无可退，贴着衣柜说："再打我就要死了。"

在此之前，我一直觉得妈妈是我的一部分，我同时也是妈妈的一部分。部分和整体的关系像一片或者几片拼图和完整画面之间的关系。我可以把妈妈从我的画面上摘掉，尽管那样我就不完整了，但是我"可以"这样做。

但是在这个梦之后,我才知道,我不是一幅拼图,我是一座木头房子。而妈妈是沁透木头房子的水珠,太阳一晒就会散出来,雾蒙蒙、香喷喷。雨一下,又会潮湿。木头房子因此而呼吸,我也因此而感到活着。

我到清迈好多天了,才给妈妈发消息。我告诉了她我做的这个梦。

她回复我一个哭的表情。

我说:"有时候我觉得我在为小时候的自己讨回公道,但同时知道我做不到,这在感情上像是'精卫填海',我永远无法填满。只是感觉我已经失去过你一次了。在梦里,我也知道我会很伤心,所以你一定要好好活着。"

妈妈说:"我知道我真死了最伤心的人可能就是你。"

过了一会儿,她又发来消息:"因为你最脆弱。"

可是我也最坚强。只是因为我是你的孩子,所以你只看得到脆弱的那部分。

我表达出来的种种脆弱,都是因为我在迫使自己体验痛苦,穿越痛苦,从中生长出新的肉体。我想我是你最脆弱也最坚强的孩子。

我最后说:"你要好好活着,有多老就活多老。只要知道你好好活着,我的世界就不会起雾了。"

我要,我想,我要求。

我拿着自己始终在找寻答案的问题,去要求她,要求她好好活着。我真的比妈妈看到更多、懂得更多吗?为什么此刻我又像一个7岁的孩子一样,用要求的语气代替提问:

  妈妈,你要好好活着。
  妈妈,我该怎样生活?

我该停笔了。
窗外绿树亭亭,热带华丽的盛夏永不停歇。
而我唯独拥有此刻。

这里可以出去吗?

可以,
快来!

图书在版编目（CIP）数据

今天你会有好事发生 / 序诗著. -- 成都：四川人民出版社, 2025.4. -- ISBN 978-7-220-14007-5

Ⅰ. I267

中国国家版本馆CIP数据核字第20241X4Q21号

JINTIAN NI HUIYOU HAOSHI FASHENG
今天你会有好事发生
序诗 著

出版人	黄立新
出品人	武 亮　刘一寒
策　划	郭　健　石　龙
责任编辑	陈　纯
责任校对	范雯晴
特约监制	王　月
产品经理	钟　迪
内文插画	xiaxia
封面设计	末末美书
版式设计	许　可
出版发行	四川人民出版社（成都三色路238号）
网　址	http://www.scpph.com
E-mail	scrmcbs@sina.com
新浪微博	@四川人民出版社
微信公众号	四川人民出版社
发行部业务电话	（028）86361653　86361656
防盗版举报电话	（028）86361653
照　排	天津书田图书有限公司
印　刷	北京飞达印刷有限责任公司
成品尺寸	120mm×170mm
印　张	7.75
字　数	105千
版　次	2025年4月第1版
印　次	2025年4月第1次印刷
书　号	ISBN 978-7-220-14007-5
定　价	52.00元

■版权所有·侵权必究
本书若出现印装质量问题，请与我社发行部联系调换
电话：（028）86361656